— 書き下ろし長編官能小説 —

閉ざされた孤島のハーレム

九坂久太郎

竹書房ラブロマン文庫

目次

この作品は、竹書房ラブロマン文庫のために
書き下ろされたものです。

第一章　初体験の彼女は密室で

1

（ああ、乗るときもちょっと怖かったけど、足元が揺れてバランスが……うわ）

クルーザーの船尾から降りようとする皆口誠《みなぐちまこと》は、波による揺れと、右手のキャリーケースの重たさに、思わずよろけそうになった。

誠自身の荷物は背中のリュックに詰まっていて、キャリーケースは自分のものではなかった。二人分の荷物のせいで身体がふらつく。波は穏やかで、船体の揺れはそれほど大きくなかったものの、桟橋《さんばし》への一歩はなかなかに怖かった。クルーザーと桟橋の間は三十センチ程度で、その下には、底の見通せない青黒い海面がゆらゆらと揺れている。

「誠ったら、なにをぐずぐずしているの？　さっさと降りなさいよ。もしかして、怖いの？」

キャリーケースの持ち主である皆口伊織《いおり》は、とっとと先に桟橋へ渡っていて、呆《あき》れたような眼差しを誠に向けていた。その目は、彼女の気性を表すように吊り上がっているが、切れ長の形が美しくもあり、まつげも夏の陽光を反射して黒々とつやめいている。

彼女は誠の姉だった。誠より九つ年上の二十八歳で、これだけ年の差があると、まったく頭が上がらない。誠は昔から、コーヒーを淹《い》れろ、肩が凝《こ》ったから揉《も》め、コンビニでアイスを買ってこいなどと、この美人の姉によくこき使われていた。

今回の姉の旅行に誠が連れてこられたのも、その延長だろう。

彼女は再来月に結婚することが決まっている。この旅行は、独身時代の最後のバカンスというわけである。伊豆半島から南西に数キロの位置、伊豆諸島とは少し離れたところにぽつんと小さな無人島があり、そこに貸別荘があった。伊織たちは、土日とお盆休みを繋《つな》ぎ合わせた一週間を、この孤島で過ごすことになっている。

大学生の誠は現在夏休み中。アルバイトはしていなかったし、デートをしてくれるような彼女もおらず、姉の旅行の同行を断る理由は見つからなかった。

そして今、姉を始めとする一行は貸別荘のある島に到着し、誠は召使の如く荷物運びをさせられているわけである。

「ふふふっ、弟くんは大変だねぇ。頑張れ頑張れ」

誠の耳元に顔を寄せ、天野美喜《あまのみき》が甘やかな声で囁《ささや》いてきた。

美喜は、伊織の大の仲良しの一人である。高校時代に陸上部だった伊織の、二つ下の後輩だと、誠は聞いている。つまり、現在は二十六歳だろう。仕事は、古着屋でアルバイトをしているそうだ。

誠よりは七つも年上だが、大人っぽい雰囲気はあまりない。マイペースで人懐っこい性格らしく、ほとんど面識のなかった誠にも、ここまでの道中によく話しかけてくれたが、まるで同じ年頃の女子とおしゃべりしているような感じがした。

Tシャツにデニムのショートパンツというラフな格好だが、古着屋で働いているだけあって、なんともおしゃれな着こなしだった。ブロンドに染めたロングヘアもよく似合っている。

ただ、誠は彼女のファッションよりも、その胸元にどうしても目がいってしまうのだった。身体にフィットするタイプのTシャツは、彼女の胸元になかなかのボリュームの膨《ふく》らみを浮き出させている。わざとなのか偶然なのか、美喜が誠に耳打ちしてきたとき、その膨らみが誠の二の腕にムニュッと押し当てられた。顔を赤くする誠に、美喜はぱっちりした猫目で悪戯《いたずら》っぽく笑う。そして「お先に」と、クルーザーと桟橋の間を軽やかにまたいでいった。

(ぐずぐずしていると、本気でビビってると思われちゃうな)

誠も勇気を出して桟橋へ渡ろうとする。と、そのとき後ろから「お待ちください」と声をかけられた。

それは皆口家に住み込みで働いている、家政婦の新條綾音《しんじょうあやね》だった。

皆口家は、第二次世界大戦後の貿易で大きな財を成した資産家一族で、家族とその豪邸のために三人の家政婦を雇っており、綾音は、伊織と誠の世話をすることを主に任されている。だから今回の旅行にも同行することとなったのだ。

綾音は「失礼します」と言って、ワンピースの裾をふわりとひるがえしながら、誠より先に桟橋へ渡る。そして、右手を差し出してきた。「どうぞ、誠さま、わたくしの手をお取りください」

「え……だ、大丈夫だよ、子供じゃないんだから」

しかし綾音は、いいえと首を振る。「万が一にも誠さまがお怪我をなさったりしたら、わたくし、奥様に顔向けできません。さあ、遠慮なさらずに」

頑なに手を引っ込めない綾音。その手を払いのけるのも、反抗期の子供みたいでみっともない気がする。誠はやむを得ず、彼女の手をつかんだ。少しひんやりとした掌《てのひら》は柔らかく、誠の手を優しく握ってきた。

(綾音さん……家政婦っていうか、まるでメイドだよな)

誠は生まれたときからの御曹司《おんぞうし》ではない。誠が九歳のときに、母親が皆口家の一人息子と再婚したのだ。それまで庶民の子供として育った誠は、未だにお金持ちの生活のすべてには馴染《なじ》みきれていなかった。

だから綾音に対しても、最初は敬語を使っていた。だが、彼女が家政婦として皆口家に来て、もう一年ほど経つ。今ではだいぶフランクにしゃべれるようになっていた。

それでも少しは緊張する。綾音はとても大人っぽくて、綺麗《きれい》な人だった。

三十六歳だという彼女は、その身体は確かにところどころふっくらと肉づいているものの、少しもおばさんじみたところはない。顔立ちも整っていて、鼻筋がすっと伸びた瓜実顔《うりざねがお》。赤みの強い茶色の瞳は、どこか神秘的であり、眼差しは凛《りん》としている。

それでいて上品で柔らかな物腰。綾音にお世話をされていると、お金持ちの子供どころか、まるでどこかの国の王子様にでもなったような気分になってしまう。

桟橋へ渡った誠は、彼女の手を放してお礼を言った。

「あ、ありがとう、綾音さん」

「どういたしまして、誠さま」

落ち着いた微笑《ほほえ》みがまた魅力的で、誠は照れくささに頬《ほお》を熱くする。

と、伊織がなんだか面白くなさそうに言った。「……ちょっと誠、今、船尾の柵《さく》にキャリーケースをぶつけたりしてないでしょうね。もし傷でもついていたら怒るわよ。それ、お気に入りのなんだから」

伊織が不機嫌になった理由がわからず、誠は戸惑う。

すると、伊織に続いてすでに桟橋へ渡っていた志村明日菜《しむらあすな》が、苦笑いを浮かべながら、穏やかに伊織を咎《とが》めた。「もう、伊織ちゃんったら……そんなに大事なキャリーケースなら自分で持てばいいじゃない」

明日菜は、伊織が勤めているアパレル会社の先輩で、伊織にお説教ができる数少ない人物のうちの一人だった。美喜と同様、明日菜も伊織の仲良しで、これまでも三人でよく旅行に出かけていたという。

目尻の下がった大きな瞳で、温和な笑みを絶やさない明日菜。だが、本当に怒ったときはかなり怖いと、誠は伊織から聞いていた。

明日菜とも、誠はこれまで面識がなかったが、彼女のおっとりとした物腰や、幼子をあやすような優しい口調からは、怒ったときの様子はまるで想像できなかった。むしろなにがあっても怒らない、菩薩《ぼさつ》か、慈愛の女神のような人に思えた。

つい甘えたくなるような母性的な雰囲気の彼女は、実際、一児の母だという。三十歳のときに結婚し、出産して、その子がもうすぐ三歳になるそうだ。そんな彼女は、胸元も実に母性的だった。

美喜のそれを巨乳というなら、明日菜はまさに爆乳《ばくにゅう》である。

今日、初めて明日菜と顔を合わせたとき、誠は彼女の胸元をじろじろと見てしまわぬよう、必死に己を制したものだった。それくらい彼女の胸のボリュームは、ゆったりとしたブラウスでも隠しきれぬほどに素晴らしく、その胸元にメロンかなにかを二つ隠し持っているのではと疑いたくなるくらいだった。

（いやらしい目で見ちゃいけないのはわかっているけど……）

どうしても、ときおりチラッと見てしまう。女の胸は、大きければ大きいほど、まるで引力のように男の視線を引き寄せてしまうものだから。

だが、そのたびに〝怒ったら怖い〟という姉の注意を思い出し、慌てて目を逸《そ》らす。

そんなことを何回も繰り返していたのだった。

明日菜にたしなめられた伊織は、子供が言い訳をするように、

「い、いいんです。誠は、こういう力仕事をさせる代わりに、この旅行に連れてきてあげたんですから」と言った。

僕は連れてってくれなんて一言も言ってないんだけどな——と、誠は心の中で呟《つぶや》く。

ただ、こういう姉のわがままに振り回されるのは、もう慣れっこだった。

伊織と誠は、血の繋がっていない義理の姉弟。だが伊織は、誠が連れ子だからという理由で虐《いじ》めているわけではないだろう。姉が弟をこき使うというのは、たとえ血が繋がっていても、よくある話だ。

伊織は誠のことを、ちゃんと弟として見てくれている。毎年、誕生日やクリスマスにはプレゼントをくれるし、誠がインフルエンザで寝込んだときは、大学の講義を休んで看病してくれたこともあった。

そんな姉のことが誠は好きだったし、実の弟のように接してくれることに感謝もしている。美人なのも密かな自慢だ。元陸上部員で、今でもランニングを日課としている彼女は、ほっそりとしつつも健康的に引き締まった身体つきで、ファッションモデルのようなスタイルの持ち主だった。

誠が高校生のときの文化祭に、伊織が遊びに来たときは、クラスの男子のみならず、

女子にまで羨ましがられたものである。あんな綺麗なお姉さんがいるなんて、と。

そんな姉が結婚してしまうのは、少し寂《さび》しくもあった。

結婚後も旦那さんと一緒に皆口家の屋敷に住むと聞いているので、伊織と離れ離れになるというわけでもない。それでも、彼女が誠を構うことは少なくなるだろう。お出かけや旅行も、夫婦水入らずになるに違いない。今回のように誠が連れ出されることは、おそらく当分ないと思われる。

(だとしたら、この旅行に連れてこられて良かったのかも)

今日からの一週間、精一杯、思い出を作ろうと、誠は心に決めた。

誠、伊織、綾音、そして美喜、明日菜――バカンス旅行の一行がクルーザーから降りると、島まで運んでくれた管理人の男が、「それでは参りましょう」と、先頭に立って歩きだした。

桟橋のある岩場から階段を上る。島の北側の一部になだらかな平地があり、その平地の端の、切り立った崖の上に、誠たちが泊まる館は建っていた。

元は、昭和の中頃に、アメリカから来た金持ちが建てた別荘だった。その金持ちは、この島の自然と海の眺《なが》めの美しさが気に入ったのだそうだが、当時は電気も水道も通っておらず、あまりに不便だったため、ほんの数回使用した後に、あっさりと売りに出してしまったという。

その後、島と館は様々な人の手に渡り、現在は貸別荘として利用されているのだった。しっかりとリノベーションを施《ほどこ》し、電気や水道などの生活インフラも整えられている。ただし携帯電話の電波は届かず、インターネットの類いはいっさい使えないそうだ。

館に着いた誠たちは、玄関ホールを通り抜け、バスルームやキッチンなど、ひととおりの設備を案内されてから、リビングへと通される。リビングの壁際に据えられた、赤褐色のアンティークデスクの引き出しには、この館の各部屋の鍵が収められていた。客室はちょうど五つあるという。

合鍵などは用意していないので、各部屋の鍵は決してなくさないようにと、管理人は言った。その他の、この館を使ううえでの簡単な説明を終えた後、彼は、

「それでは、なにかありましたらいつでも連絡《れんらく》してください。なるべく早くうかがいますから」と言って、島を去っていった。

彼は本土に待機していて、六日後にクルーザーで迎えに来てくれることになっている。なんのトラブルもなければ、その間、この島には誰も来ない。誠たちだけの貸し

切りとなるのだ。

　この館は、建てられた当時の様相をできるだけ残したままリノベーションしたのが売りだそうで、まるでヨーロッパ貴族の別邸のような、厳《おごそ》かな雰囲気が感じられた。植物のツタをモチーフにしたダマスク柄という壁紙、黒や茶色などのダークカラーで統一されたインテリア、蠟燭《ろうそく》を模した電球で飾られているシャンデリア、猫脚の椅子やベッド——ゴシックスタイルというらしい。玄関ホールから二階へ上がる階段の壁には、蝶の標本がいくつか飾られていて、それが美しくもあり、誠にはちょっとだけ不気味に感じられた。

　ただ、それも含《ふく》めて素晴らしい。誠たちが住んでいる皆口家の家も立派だが、あちらは和風の豪邸で、ここととは趣《おもむき》が全然違う。誠は、こちらの雰囲気の方が好きだと思った。フェルメールやレンブラントといった、美術の教科書にも載っているような名画の世界に入り込んでしまった気分になれる。女性陣も皆、大喜びだった。

　明日菜が伊織に、申し訳なさそうに言う。「こんな素敵な別荘に一週間も——高かったでしょう。本当に二万円だけでいいの？」

　誠も正確な金額は聞いていないが、今回の旅行の費用のほとんどは伊織が負担していた。しかし伊織は恩着せがましい態度など欠片《かけら》も見せず、「気にしないでください。

この旅行は、私が無理に誘ったようなものですから」と言った。
結婚したら、しばらくは友達と遊びに行くことも難しくなるかもしれない。だから
その前に、仲良しの明日菜や美喜と一緒に旅行に行きたい。伊織がそう言いだしたの
が、今回の旅行の発端だった。とはいっても、宿泊先を探して予約を入れたり、交通
手段を調べて新幹線のチケットを取ったりと、諸々の準備を行ったのは、ほとんど綾
音だったらしいが。
館内の一階、二階を巡り、各人の部屋を振り分けた後は、外に出て、島を散策した。
島の大部分は森に覆《おお》われていたが、しっかりとした遊歩道が整備されており、一行は
真夏の暑さを遮《さえぎ》ってくれる木陰の道を歩いて、一時間ほどかけて島を一周した。
ちなみに館から歩いて二、三分のところに、離れの建物もあった。中世のヨーロッ
パに建てられたみたいなレンガ造りの塔で、中は四階建ての構造になっている。一階
にはトイレと炊事場が、二階から四階までは各階に一部屋ずつあり、館の方とは違っ
て質素な作りだが、こちらにも泊まれるようだった。ちなみに、地下には食糧貯蔵室
とワインセラーもあった。
「こちらの塔は……もしかしたら、最初にこの別荘を建てたときには、召使が使うた
めのものだったのかもしれませんね」と、綾音が呟いた。部屋はきちんと掃除され、

ベッドも整えられていた。一行は屋上まで上って、ぐるりと島を一望した。水平線の近くに、伊豆半島の陸地が見えた。

その日の夜は、本館の二階のバルコニーでバーベキューを堪能《たんのう》した。食料は一週間分のものが事前に用意されていて、伊豆のブランド牛の肉に、伊勢海老やサザエ、アワビなどの海産物も揃っていた。

バルコニーから眺める夜空はとても綺麗だった。煌《きら》めくビロードの如く、無数の星々が天に瞬《またた》き、その光の一つ一つに瞳が洗われるようだった。夜空の下では、星明りに照らされた藍色の海がうたた寝するように揺れていた。

(まるで楽園にいるようだ……)

親愛なる姉を始めとする美女たちに囲まれた夕食。吹きつける潮風の香りも心地良い。この旅行のことを、きっと自分は一生忘れないだろう——誠はそう思った。

素晴らしいバカンスになると、このときは確信していた。

2

夜の十一時を過ぎた頃、一階の自室で、誠はそろそろ寝ようと思っていた。

すでにパジャマには着替えていた。スマホの充電をセットして、部屋の電気を消そうとしたそのとき――ドアがノックされた。

(こんな時間になんだろう?)

返事をしてドアを開けると、そこにいたのは美喜だった。

彼女も風呂上がりに着替えたのだろう。パステルブルーの、上下お揃いのキャミソールとショートパンツ姿だった。トランクスのように丈《たけ》の短いショートパンツからは、ムチムチの太腿が惜しげもなくはみ出していた。

「ど、どうかしましたか?」

そう尋ねながら、誠は慌てて彼女から目を逸らした。なぜならゆったりとしたキャミソールの胸元に、二つの膨らみのそれぞれの頂点に、小さな突起のようなものがぽちっと浮き出ていたのである。ノーブラなんだと、すぐに理解した。

美喜は、「なんだか寂しくて、一人じゃ寝られそうにないの」と言った。

なんでも彼女は家で猫を飼っていて、寝るときになるとその猫はいつも美喜のベッドに潜り込んでくるのだそうだ。いつしか美喜もそれが当たり前になって、一人っきりのベッドに違和感を覚えるようになってしまったという。

「だからね、誠くん、今夜、一緒に寝てくれない?」

そう言って、美喜は小首を傾《かし》げた。

「えっ……い、いや、それはさすがにまずいかと……」

美女たちとの旅行に胸をときめかせていたものの、誠は、まさかこんなことを言われるとは夢にも思っていなかった。

頭に血が上り、まともな思考ができなくなる。だから美喜のお願いを断ろうとしたのは、理性や倫理観によるものではなく、単純になんだか怖くなったからだ。このまま彼女に流されたら、とんでもないことになりそうな予感がしたのである。

しかし美喜は、難色を示す誠に構わず、部屋の中に入ってドアも閉めてしまった。八畳の個室に、夜、男女が二人っきり。誠は艶《なま》めかしい空気を感じながらも、やはりまだ戸惑っていた。

「ちょっ、ちょっと、美喜さん……！」

「駄目かな？　誠くんは、あたしと一緒に寝るのは嫌？」

「い、嫌じゃないですけど……」

からかっているのだろうか。それとも本気だろうか。

誠は美喜の顔をうかがう。どこか子供っぽさを残した美貌には、悪戯好きの仔猫を思わせるような笑みが浮かんでいた。やはり誠を困らせて楽しんでいるのだろうか？

それとも、ただ本当に、彼女の愛猫の代わりを務めてほしいということなのか？

（美喜さんにとって僕は、こうして一つの部屋で二人っきりになってもなんとも思わないような、一人前の男とは思えない存在なのかも）

きっとそうだろうと、誠は自分に言い聞かせた。こんなに可愛く綺麗なお姉さんが、彼女いない歴十九年の童貞くんに淫《みだ》らな誘いをかけてくるわけがない。勘違いをしてはいけない。

誠が言葉を濁していると、美喜は強引に話を決めてしまった。

「嫌じゃないならOKってことね？　うふふ、ありがとう」

美喜はさっさと誠の前を横切り、部屋の一角に据えられたベッドに腰掛ける。誠は観念して、溜め息をついた。今夜は一睡もできないかもしれない。

ただ、美人のお姉さんと一晩ベッドを共にするということに——たとえ一緒に寝るだけだとしても——今さらだが心がときめいてくる。美喜が熟睡《じゅくすい》した後、ちょっとだけその身体に触っても許されるのではないだろうか——などと考えたりして。

この貸別荘の客室は、二人部屋として使うことも想定しているのだろう。ベッドの大きさは、二人でも余裕を持って寝られそうなクイーンサイズだった。

湧き出てくる下心を誤魔化そうとして、

「確かに、こんな大きなベッドで一人で寝るとなると、ちょっと寂しくなるかもしれませんね——」

と、誠は言いかける。だが、ギョッとして言葉を失った。

ベッドの縁《ふち》に腰掛けていた美喜が、唐突にキャミソールを脱ぎだしたのだ。

裾がめくり上げられ、見事にくびれたウエストとなめらかな腹部が露《あら》わとなる。縦長の筋のような小さなへその穴が可愛らしい。

まるで舞台の幕が上がっていくようだった。誠の目は、その光景に釘付けとなった。

裾の下から、下乳の膨らみが現れる。案の定のノーブラで、巨乳と呼んで差し支えない肉房が剝《む》き出《だ》しとなる。乳首は小粒で、淡く綺麗なピンク色だった。

（オ……オッパイ……）

突然の事態に頭が真っ白になって、誠は目を見開いていることしかできない。

キャミソールから頭を抜いた美喜は、くしゃくしゃになったそれを、そのままポイッとベッドの隅《すみ》に放り投げた。呆然としている誠にクスッと笑い、

「あたしね、寝るときは素っ裸になるの」と説明する。

かつての美喜は寝つきの悪さに悩んでいて、夜にしっかりと眠れない分、昼間にうとうととしがちだったのだそうだ。しかし、テレビの健康番組で、〝裸で寝ると睡眠

の質が上がる〟という情報を知り、早速試してみると、嘘みたいにすっと眠れるようになったのだとか。

　また、なめらかなシーツや布団と、全身の肌が直接擦《こす》れ合《あ》う感触も、とても心地良いという。

「うちの猫がベッドに入ってくると、脇腹や太腿の内側なんかにモフモフの毛が当たったりして、ちょっとくすぐったいんだけど――」美喜は、妙に色っぽい笑みを浮かべる。「ふふっ、それもやっぱり気持ちいいの」

　全裸の美喜の股座《またぐら》に潜り込んでくる猫。その様《さま》を想像して、誠は劣情が込み上げてくるのを禁じ得なくなる。

　さらに美喜は、軽く腰を持ち上げてショートパンツも脱いでしまった。続けてパンティも、瑞々《みずみず》しく肉づいた太腿に滑らせる。露わになった女の股間に、誠はまた目を見張った。

　その部分を彩る茂みが、髪の毛と同じブロンドだったのだ。

　いや、正確には髪の毛の色とは少し違う。金髪というには、やや黄みが少なかった。

「ふふっ、血が繋がってなくても姉弟だね。反応が、さっきの伊織先輩とおんなじ」

　美喜がクスクスと笑う。夕食後に美喜は、伊織と一緒に風呂に入った。そのとき、このブロンドの秘毛を見た伊織も、目を丸くして驚いたそうだ。

「一週間くらい前に、美容師をやっている友達のおうちでお酒を飲んだんだけど、ゲームで勝負して、負けた方がアソコの毛を金髪にするってことになったの」

そのゲームに美喜は負けてしまい、このような股間の有様になったという。

「でも、あたしはこれ、結構気に入ってるの。その友達にブリーチしてもらったんだけど、さすがプロだけあって、ムラなく綺麗に脱色してくれたし。ねえ、ほら、可愛いと思わない？」

美喜はベッドの縁に腰掛けた状態で、百八十度に近いくらい、あられもなく股座を押っ広げた。

その破廉恥《はれんち》さに、誠は言葉も出ない。確かに、落ち着いて眺めれば、股間のブロンドヘアもおしゃれに見えたかもしれないが、美人のお姉さんの大股開きを目の前にして、そんな余裕はなかった。

なにより年頃の男子としては、やはり股間の茂みよりも、その奥にある女の秘部の方が気になった。立っている誠の目線では、残念ながら媚肉《びにく》の具合は見て取れない。

ただ、割れ目の端っこの部分がちょっとだけ見えているような気がした。

つい目を凝らしてしまう。そして美喜が、そんな誠の顔をじっと見ていることに気づく。彼女は股を閉じることなく、ニヤニヤしながら尋ねてきた。

「誠くんって、もしかしてエッチしたことないの？」

「それは……な、ないです」

きっと童貞丸出しの顔をしていたのだろう。誠は恥ずかしさで顔面から火が出そうになった。しかし、美喜はなおも尋ねてくる。

「じゃあ、女の人のオッパイを触ったこともない？」

「はい……」

「触ってみたい？」

「え？」

美喜はぐっと胸を反《そ》らし、その膨らみを誠に向かって突き出してきた。

なんと美しい乳房だろう。Ｆカップはあろうかというお椀《わん》型の豊かな丸み――その頂上は、ツンと上を向いている。乳肌もきめ細かく、つややかに輝いていた。

誠は、口内に溢《あふ》れてきた唾液《だえき》をゴクッと飲み込む。

「さ、触っても……いいんですか？」

「うん、いいよ。どうぞ」

誠の掌には、じっとりと汗が滲《にじ》んでいた。そのことに気づくと、誠は慌ててＴシャツの裾で拭《ぬぐ》う。美喜の前に立って、恐る恐る両手を伸ばした。

掌が、乳肌に当たる。初めて触れた女の乳房の感触は、驚くほど柔らかかった。

そのうえ、張りのある形良い肉房には、ほどよい弾力《だんりょく》も感じられる。そっと握ると、なんともいえぬ揉み心地が掌に伝わってきて、誠は「うわぁ……」と感嘆の声を漏《も》らしてしまう。

高まる欲情に任せて、乳首にも触れてみた。ピンクの突起を、指先で軽く撫でると、美喜はくすぐったそうに肩を揺らす。

だが、嫌がっている様子はない。美喜は美貌を微《かす》かに赤らめて、微笑んでいた。誠が次にどうするのか、見守りながら楽しんでいるようだった。

誠はさらに乳首を撫でていく。指先で根元からさすり上げていると、次第に美喜の鼻息が熱く乱れていった。肉の突起がムクムクと膨らみ、その感触も変わってくる。

「か……硬くなりましたね」

「だってぇ……気持ちいいんだもん」

美喜は上目遣いで、ちょっとだけはにかむように言った。

しかし、すぐに悪戯っぽい笑みに転じ、彼女も手を伸ばしてくる。「誠くんだって――うふふ、もうこんなになってる」

美喜の掌が、誠の股間に触れた。パジャマズボンのそこはすでに大きく盛り上がっていて、美喜は嬉しそうに撫で回してくる。

ボクサーパンツとの微かな摩擦。パジャマ越しに伝わってくる、彼女の掌の柔らかさ、ぬくもり。たったそれだけで股間に愉悦《ゆえつ》が走り、腰の奥から早くも切迫した感覚が滲み出てきた。

「ううっ……だ、駄目です……」

誠は逃げるように腰を引く。だが美喜は、そうはさせまいとばかりに誠の股間を強く握ってきた。

「ずるいよぉ。誠くんだってあたしのオッパイ触ってるんだから——わあぁ、これ、かなり大きそう。やだ、すっごぉい」

美喜は瞳を輝かせて、大きさや硬さを確かめるように、誠の張り詰めたものをムギュ、ムギュと握り込んでくる。

その手を払いのけなければと、誠は思った。早くそうしなければ大変なことになる。彼女の手筒が握ってくるたび、予兆のように腰の痺《しび》れが強くなった。

しかし、股間のモノから愉悦を搾《しぼ》り出すその圧迫はあまりに甘美で、誠の決意は鈍らされる。込み上げる快感に流されてしまう。

まずい！　と思ったときにはもう手遅れだった。自分でも信じられないくらいあっけなく、前立腺が限界を迎えてしまったのだ。

「あ、うわっ……ウ、ウウーッ!!」

歯を食い縛っても、始まってしまった発作は止められなかった。ビクンビクンと腰が勝手に痙攣《けいれん》する。火花を散らすような愉悦が駆け抜け、放出される。

発作が鎮《しず》まってくると、真っ白になっていた脳裏に、後悔の念が黒煙の如く充満していく。やってしまった。漏らしてしまった。女性の前で、よりにもよって姉の友達に見られながら。

（最悪だ……）

経験したことがないほどの惨《みじ》めな気分に呑み込まれ、誠は呆然とする。

すると美喜が素早く動き、誠のパジャマズボンをずり下ろした。ボクサーパンツの前面には、意外にも小さな染みが浮き出ている程度だった。布が二重になっている前開きの部分が、誠の〝お漏らし〟をなんとか食い止めてくれたようである。

パジャマズボンの内側を確認して、美喜はうんと頷《うなず》いた。「……大丈夫、パジャマにはほとんど染みてないよ」

美喜はベッドから降りて、誠の前にひざまずき、パジャマのズボンを脱がせてくれる。彼女に促《うなが》されて、誠はパジャマの上も脱ぐ。

そして、いよいよ美喜はボクサーパンツを下ろしていった。あっけなく漏らしてしまった恥ずかしさで、誠は抵抗する気持ちにもなれなかった。すでに漂《ただよ》っていた牡《おす》の精臭が途端《とたん》に濃くなり、無残にも白濁液《はくだくえき》にまみれた陰茎が姿を現す。

「うわぁ、いっぱい出ちゃったんだね。ドロドロだぁ」

「す、すみません……」

「ううん、あたしのせいだもん。ごめんなさいね。誠くん、ビニール袋かなにかはある？」

「ビニール袋……はい、あります」

着替えの衣類をまとめるのに使った、コンビニのレジ袋があった。誠がそれを差し出すと、美喜はその中に、ザーメン漬けになったボクサーパンツを入れた。

「それは後で洗ってね」と、美喜は言った。そして彼女は、時間が経つほどにさらに恥臭を濃くする精液まみれの陰茎へ顔を寄せる。

美喜は厭《いと》うどころか、うっとりしたように目を細めて、深く息を吸い込んだ。臭いはずだ。臭くないのか？　戸惑う誠に彼女は言った。

「このオチ×ポは……うふふっ、あたしが今、綺麗にしてあげるから」

うなだれた肉茎をつまみ上げ、美喜はペロッと白濁液を舐《な》め取《と》る。さらに次々と舌を這わせ、ペニスの汚れを拭っていった。

「ちょっ……美喜さん、そんな、汚いですよ……！」

「ん……なんで？　オシッコじゃないんだよ。全然汚くないよ」美喜はそう言って、微笑んだ。「匂いは強いけど、嫌いな匂いじゃないかな。嗅いでいると、どんどんエッチな気分になってきちゃうの。うふふふ」

ぱっちりとした美喜の猫目が、今はまるで酒に酔ったみたいにとろんとしていた。

「味もちょっと癖があるけど、不味《まず》くはないよ。だから大丈夫」

「で、でも……あ、あうぅ」

美喜は誠に構わず、また舌でペニスを舐め清めていく。ヌルヌルした粘膜の感触で、誠の股間には再び熱い血が集まっていった。

（これって、フェラチオだよな……？）

AVなどで見たことしかなかった、憧れの口愛撫である。汚れた陰部を女性に舐めさせている罪悪感が、人生初のフェラチオの興奮に塗《ぬ》り替《か》えられていく。

ついには、ぱくっと肉茎を咥《くわ》え込む美喜。口の中で舐め回され、アイスキャンディーのようにしゃぶられると、ほとんど萎《な》えていた牡のシンボルは再び充血し、たちまち張り詰めていった。

美喜は瞳を大きくして、ペニスを吐き出す。しかしいったん火のついたペニスは、彼女の鼻先でどんどん鎌首《かまくび》をもたげていった。

完全回復を遂げ、雄々しく反り返る肉棒に、美喜は歓声を上げる。

「うわぁ、すっごい、こんな大きなオチ×ポ、初めて見たかも……！」

誠が以前に聞いた話だと、日本人の勃起《ぼっき》サイズの平均は十三センチだそうだ。それに対して誠の屹立《きつりつ》は十五センチほど。平均よりは大きいが、いわゆる巨根というほどではないかもしれない。

それでも、男の自尊心を密かに満たすには充分なサイズだった。太さもなかなかのもので、竿の一番膨らんだ部分では直径が五センチ近くある。指の輪っかを巻きつけても、親指と人差し指がくっつかなかった。

そんな肉の鈍器ともいえるような代物《しろもの》が、青筋を浮かべてパンパンに張り詰め、力強く反り返っている。ザーメンはすっかり舐め取られていて、代わりに女の唾液でヌラヌラと妖しく照り輝いていた。

（美喜さん、驚いてる。やっぱり僕のチ×ポ、かなり大きいんだ）

誇らしげな気分を表すように、若勃起《わかぼっき》がピクッピクッと脈打つ。

まじまじとそれに見入っていた美喜は、やがて悩ましげな溜息を漏らし、媚びるように誠を見上げてきた。

「ねえ……この大きなオチ×ポ、あたしに入れちゃいたい？」

「え……それって……セックスするってことですか……？」

誠の問いに、美喜はコケティッシュな笑みを返してくる。

ペニスの幹の裏側を指先でなぞりながら、あたしね、前から誠くんとしてみたかったのと、彼女は告白した。

「でも、美喜さんと僕、今までほとんど面識もなかったのに、どうして……？」

「だって伊織先輩って、会うと必ず誠くんの話をするのよ。だからあたし、前から誠くんのことが気になっていたの」

ただそれは、恋愛感情のようなものとは違うという。

「伊織先輩は、ほんとに誠くんのことが好きなんだと思う。あたしは伊織先輩のことが大好きだから、伊織先輩が好きなものは、あたしも欲しくなっちゃうの」

「そ、そうなんですか……」

伊織と自分の姉弟仲は悪くないと思っている。が、姉から特別好かれているような自覚はなく、誠としては、美喜の話には少し疑問が残った。

誠に対する恋愛感情ではない――ということにも、ちょっとがっかりした。美喜のような可愛いお姉さんが彼女になってくれたら嬉しかったのだが、向こうにそんなつもりはないようである。美喜の心にあるのは、〝友達が持っているオモチャを自分も欲しくなる〟というような、少々子供じみた欲求なのだろう。

とはいえ誠に、彼女の誘いを断ることなどできなかった。なぜなら誠は童貞なのだから。セックスをさせてくれるというのなら、それだけで僥倖《ぎょうこう》。美喜のような美人が相手ならなおさらだ。

「どうかな。あたしと――エッチする？」

小首を傾げ、誠を見上げる美喜は、笑っていた。誠が断らないと確信しているような微笑みだった。

そして誠は、彼女の思惑どおりに頷いた。

「はい。したいです」

3

美喜はベッドに上がって、仰向《あおむ》けに寝転がる。だが、すぐに挿入ということにはならなかった。

「待ってね。そんな大きなオチ×ポを入れるなら、しっかりと濡らしておかなきゃ」

健康的に肉づいた太腿を広げて、美喜は女の秘部をあからさまにする。俗にいうM字開脚だ。ブリーチされた金色の草叢《くさむら》の下で、淫らな唇がぱっくりと開く。

（ああ、これが……）

初めて直《じか》に見る女性器に、たちまち誠の瞳は虜《とりこ》となった。ふっくらとした大陰唇にちりばめられた短い和毛《にこげ》は、恥丘を覆うそれとは違い、色は黒のままだった。ブリーチ剤は粘膜に触れると、物凄く沁みるらしい。だから割れ目の縁の毛は色抜きできなかったのだと、美喜は教えてくれた。

肉唇の内側はすでにしっとりと湿っていて、やや黒ずんだローズピンクの花弁が妖しく光っている。だが、この程度の潤《うるお》いではまだ足りないそうだ。美喜は左右の花弁の合わせ目にある包皮へ、そっと中指の先をあてがい、円を描くようにさすりだした。ほどなく美喜の口から、切なげな媚声が漏れてくる。「ううん……あぁ、はあぁ……ふふふっ、やだぁ、誠くんったら、見すぎぃ」

そう言いながらも、美喜はさらに股を大きく広げた。だから誠も見るのをやめなかった。むしろ自らもベッドに上がり、彼女の股座の前にひざまずいて、かぶりつきでオナニーショーを観覧する。

「美喜さんが触っている、そこ……クリトリスですよね？」

「そうだよ、ほら、見てて……んふぅ」

美喜の指が包皮を引っ掛け、ずり上げる。すると、淡く色づいた突起が顔を出した。これが女の急所の一つ、クリトリスだという。誠が思っていたよりずっと小さな肉の粒だった。ほんの五ミリ程度のものだろうか。

どこか可愛らしさすら感じてしまう、ミニサイズのそれが、女を狂わせるスイッチだという。本当だろうかと、誠は怪訝《けげん》に思った。だが、美喜の指が、その肉粒をソフトタッチで撫で上げるたび、確かに彼女の顔がはしたなく蕩《とろ》けていくのだった。

「あぁん……見られているからかな……なんかいつもより、クリが感じちゃってる気がする……ふひっ、いいいぃ」

美喜は右手で陰核をさすりながら、左手を乳房にあてがう。悩ましげに女体がくねるたびにプルプルと揺れる膨らみを、弄《もてあそ》ぶように揉んだ後、充血して存在感の増した乳首をつまんだり、こねたりし始めた。

「気持ちいい……あ、あうっ……くうぅん」

初めて目の当《まあ》たりにする女のオナニーに、誠は興奮が止まらなくなる。彼女いない歴十九年の誠も、家では毎晩のように、独り寂しく己を慰めているが、それと同じことを今、美喜もしているのだ。テレビで見かける人気アイドル並みの美貌とスタイルを持つ彼女が、自らの性器をいじくって、浅ましい愉悦に耽《ふけ》っている。

(エロすぎる……ああっ)

誠はペニスを握り締め、ゴシゴシとしごき立てたい衝動に駆られた。今まで見たことのない極上のズリネタが目の前で披露《ひろう》されているのである。たまらなそうにペニスも身震いし、先端の口からダラダラとよだれを垂《た》らしていた。

(駄目だ、今からセックスさせてくれるっていうんだから我慢しなきゃ……！)

胸の内で葛藤していると、美喜と目が合う。彼女は誠を見て、ニヤリと笑った。

「ねえ誠くん、よかったら手伝ってくれる？」

「え……？」

「あたしのオマ×コにね、指を入れて、ニュプニュプって、穴の中をほぐしてほしいの。駄目？」

「あっ……あの、はい、やりますっ」

誠は全力で頷く。すると美喜は、濡れ光る花弁を両手でつまみ、左右に広げた。割れ目からはみ出すほどの大ぶりの淫花が満開となった。

その破廉恥極まる眺めに、誠はますます欲情を昂《たか》ぶらせる。美喜は、二枚の花弁のあわいにある窪みへ、指を一本潜り込ませた。あっさりと第一関節まで埋まった。

「わかる？　ここに、ほら、穴があるから……ね？」

美喜が指を抜くと、透明な粘液がその指に絡《から》まって糸を引いた。

「は、はい……やってみます」

誠はドキドキしながら人差し指を、彼女が教えてくれたように濡れ肉の窪みへ埋め込んでみる。ぬかるんだ肉穴に人差し指は迎え入れられ、たちまち深みへ潜っていった。

（入った……！　ああ、中はとっても温かい……）

そして柔らかく、ヌルヌルの粘液にぬめっている。人の内臓に触れているのだと実感させられる感触だった。誠は、指を軽く出し入れしてみる。抽送《ちゅうそう》はスムーズに行えて、クチュクチュという淫靡《いんび》な音が穴の隙間から漏れてきた。

「……もう、かなり濡れてますね」

「うん。でも念のためにもうちょっと……。ねえ、Gスポットを擦ってみて」

美喜に促されて、膣路の天井側の壁を、誠は人差し指の腹で探ってみる。すると微かに膨らんでいる部分があった。そこがGスポットだと、美喜は教えてくれた。

それがクリトリスに劣らぬ性感帯であることは、誠も一応知っていた。ただ、具体的にどう愛撫すればいいのかはわからなかった。

「じゃあ、指先を軽く引っ掛けるように擦ってみて。でも、爪は立てないでね」

「こ……こう、ですか？」

人差し指をちょっとだけ鉤状《かぎじょう》に曲げると、誠は、ぷくっと盛り上がっている膣肉を指先で優しく擦っていった。蚊に刺された跡を、誘惑に負けてそっと掻いてしまったときのように。

すると膣口がキュッと締まり、美喜が悩ましげに呻《うめ》く。

「あぁん、そう、最初はそれくらいの力加減で……あぁ、いいよ、上手ぅ」

たちまち膣内の潤いは増し、グチュッグチュッと、これまでよりも下品な肉擦れの音が鳴り響いた。指の抽送で掻き出されるように、膣穴の隙間から女蜜が溢れ出してくる。甘酸っぱい淫臭が濃くなって、牡の嗅覚を刺激した。

（美喜さんが、僕の指で感じている……！）

これはまだ前戯に過ぎない。しかし、女の穴に自分の身体の一部を出し入れするという行為は、セックス本番を強く意識させた。膣襞《ちつひだ》の凹凸が人差し指に絡みついてくる感触もゾクゾクするほど心地良く、なんだかこれだけで射精感が込み上げてきそうな気がした。

誠は芳《かぐわ》しい牝《めす》フェロモンを胸一杯に吸い込み、さらに淫気を昂ぶらせる。Ｇスポットを擦る指にもついつい力がこもった。

だが、美喜の膣穴も、摩擦の刺激に馴染んできたようで、痛がるどころか、ますますはしたなく乱れていく。彼女は溢れた恥蜜を自らの指に絡め取り、それを潤滑剤《じゅんかつざい》にして、クリトリスをさらに激しく磨《みが》いていった。

「ああーっ……あうぅ、ダメ、ダメぇ、中も外も気持ち良くって……ジンジンしちゃう、痺れちゃううぅ」

張り詰めたクリトリスは、先ほどよりもさらに膨らんだように見えた。これ以上充血したら破裂してしまうのではと心配になるようなそれを、美喜は容赦なく押し潰し、こね回していく。そして――

「アッ……う、ううぅっ……誠くん、ストップうぅ……！」

突然、絞り出すような声で叫んだ美喜は、太腿をギュッと閉じて、誠の指マンを封じた。誠は驚き、次に不安を覚えた。しまった、調子に乗りすぎて、さすがに激しくしすぎちゃったのだろうか？

だがそれは杞憂《きゆう》だった。美喜は浅い呼吸で、ときおり女体をビクッビクッと震わせていたが、やがて太い息を吐き出し、上気した美貌ではにかみながら微笑んだ。

「ごめんね、ちょっとだけど……イッちゃった」

　女は男と違って、本格的な絶頂の前に、小さな愉悦の頂をいくつも越えるのだそうだ。そして今も、クリトリスとGスポットの同時責めで、その小さな頂《いただき》を乗り越えてしまったという。

「伊織先輩の大切な弟くんとエッチなことしてるって、あたしも興奮しちゃったのかな。前戯でこんなに感じるなんて思わなかった。ああ、もちろん、誠くんの指使いがかなり上手だったっていうのもあるよ」

「ど、どうも……」

　初めての指愛撫を褒められて、誠は照れ笑いを浮かべた。彼女の股座から力が抜けていたので、肉穴から人差し指を抜く。熱い愛液をたっぷりと吸った指先は、しわしわにふやけていた。

「うん――ふふふ、じゃあ前戯はもう充分だから、次は指じゃなくて、誠くんのオチ×ポで……ね？」

　美喜は誠の股間に視線を向け、ニンマリする。ペニスは前戯の間もずっと勃《た》ちっぱなしで、溢れた先走り汁が裏筋を伝い、陰嚢《いんのう》まで濡らしていた。

　誠は膝立ちになり、美喜の股座に向かって腰を進める。バクンバクンと心臓の鳴る音が耳まで届いてくるようだった。一度、二度と唾を飲み込んでも、カラカラの喉《のど》は癒《いや》せない。屹立の根元を支えようとする手も震えている。

肉溝のぬかるみに亀頭を埋めると、美喜が手を伸ばし、雁首《かりくび》辺りをつまんで膣穴まで導いてくれた。「……ここね。はい、いいよ」

それだけの刺激で快美感が走り、誠は上ずった声を上げる。「ううっ……い、いきます」

腰を突き出す。張り出した亀頭冠が膣口に引っ掛かり、一瞬の抵抗が生まれる。美喜が「大丈夫だから、そのまま来て」と言うので、誠は思い切って腰に力を入れる。

肉玉が膣口の縁を押し広げ、次の瞬間、ズブッと内部に潜り込んだ。

「くっ……！」

「あうぅん」

温かな蜜肉が、早速、亀頭と雁首を締めつけてくる。誠は噛み締めた歯の間から呻き声を漏らしつつ、挿入を続けた。

(オ……オマ×コって……こんなに気持ちいいんだ)

初膣穴の洗礼を受け、誠は驚くばかりだった。先ほどの指マンで、内部の感触は理解していたはずだが、やはりペニスで感じる膣肉は想像以上だった。ズブリ、ズブリと、たっぷりの女蜜に潤った肉壁を掻き分け、奥に向かって突き進めば、まだピストンを始めたわけでもないというのに、思いも寄らぬ快美感がもたらされる。

ようやくペニスの先が膣壺の底まで届くと、誠は太い息を吐き出し、しばらく心と身体を落ち着かせようとした。美喜も眉をひそめ、心なしか呼吸が浅くなっていた。

「やぁん、オマ×コが、すっごく広がっちゃってるぅ……あぁ、くうぅ」

美喜は気が多い性格だそうで、これまでいろんな男と付き合ってきたという。だが、これほどの太マラに嵌《は》められたことはなかったそうだ。まだ独身で、出産経験のない美喜にとっては、処女喪失のとき以来の衝撃らしい。

「それって、大丈夫なんですか……？」

「うん、裂けちゃいそうに痛いってわけじゃないから……大丈夫、びっくりしただけ」

挿入したまましばし待つと、やがて彼女は、もう平気そうだからと、抽送を促してきた。誠は意を決して、腰を前後に動かし始める。

様子をうかがうつもりの、ごく緩やかなピストンだった。それでも強烈な摩擦快感が込み上げ、誠は息を呑んだ。ヌルヌルの肉襞にペニスの隅々まで擦られる感覚は、想像を遥かに超えていた。

「うぐっ……す、凄い……」

また、美喜の膣穴は、締まりも素晴らしい。元陸上部員の彼女は、股座の筋肉——骨盤底筋も鍛えられているのだろうか。肉壺が、驚くほど力強くペニスを締めつけてきた。ただでさえ誠のモノは太いのだから、生じる摩擦はかなりのもので、一往復ごとにカウパー腺液をちびるほどの快感が駆け抜けた。

未だ様子見のピストンに努めていたのだが、早くも射精の予感が込み上げてくる。いったん腰を止め、股間の熱を冷ましたいと思った。

しかし、それは叶《かな》わなかった。どこか苦しげだった美貌をほころばせて、美喜が無邪気に求めてくる。

「うふぅん……そろそろオマ×コも、結構慣れてきたと思う。誠くん、ねえ、もっと激しくしてもいいよ？」

「も、もっとですか……。じゃあ、これくらいで……？」

「ああん、もっと、もっとぉ」美喜は、駄々をこねる子供のように首を振った。推定Fカップの双丘がプルンプルンと左右に揺れる。「遠慮しないでいいから、思いっ切り来てぇ」

どうやら、さらに強い摩擦感を求めているのは彼女の方らしい。こうなると誠は、

限界が近いから少し休ませてくださいとは、みっともなくて言い出せなくなる。美喜の太腿を両手で抱え込むと、

「わ、わかりましたっ」と言って、ピストンを加速させた。

「あはっ、ああ、いいの、いいよぉ、そんな感じで……あ、あっ、うぅん、太いオチ×ポ、すっごくいいかも、ゴリゴリ擦れて……あぁぁんっ」

美喜は極太ペニスがもたらす肉悦によって、淫奔なる性根をますますさらけ出していく。妖しい牝の笑みを浮かべ、己の巨乳を荒々しく鷲づかみにしては、乳首を指の股に挟んで滅茶苦茶に揉みしだいた。

そんな乱れようを反映するように、膣壺の締めつけはさらに強く、リズミカルになり、誠を追い詰めていく。ペニスの性感は一瞬にして高まり、こらえる間もなかった。

「あっ……だ、駄目だ、クウウウッ!!」

射精が始まってしまう。律動的な膣圧によって、ギュッ、ギュギュッと肉棒は搾られる。誠は喉の奥から悲鳴を漏らし、一滴も残さず吐き出させられた。

「うぐうぅ……お、おおっ……!!」

やがて腰の痙攣がやむと、誠はぐったりした。こんなに気持ち良くて、こんなに疲れる射精は初めてだった。額に浮き出た汗も拭えずに、ゼエゼエと喘《あえ》いだ。

するると、美喜が恨めしそうに睨《にら》んでくる。「もう……誠くん、一人でイッちゃうなんて、ずるいよぉ。あたしも凄く気持ち良かったのに」

「うう……すみません、我慢できなくて、つい……」

「ふぅん」美喜は後ろに手をついて上体を起こし、誠の顔を覗《のぞ》き込《こ》むようにして訊ねてきた。「私のオマ×コ、そんなに気持ち良かった？」

「はい……」と誠は頷く。夢にまで見たセックスの愉悦は、本当に予想以上だった。オナニーしか知らない童貞男子には想像も及ばない、快感の高みだった。

「ううん……じゃあ、しょうがないかぁ」

美喜は笑って赦《ゆる》してくれた。誠はほっとするも、やはり申し訳ない気持ちになる。だから自らに問いかけた。股間に息づく己の分身に問いかけた。その答えを、美喜に伝える。

「あの、でも……僕、まだできますっ」

誠はいったん結合を解いた。二度の射精を経たペニスは、さすがに少しばかりうなだれていたが、牡と牝の粘液を使って、手筒でヌチャヌチャと擦り立てると、着実に回復して鎌首をもたげていった。

「わあ、すっごい！　じゃあ、もう一回頑張ってもらっちゃおうかな」

美喜はいそいそと四つん這いになる。女豹《めひょう》の如く背中を反らし、形良く肉づいた丸尻を突き出して、珈琲色のアヌスも露わに股座を大きく広げる。

「うふふっ、今度は後ろから欲しいの。いい？」

「ああ……は、はいっ」

ぱっくり割れた肉のスリットは、溢れ出た多量の蜜に蕩けていた。充血して厚みの増した花弁は、グニャグニャとよじれながらも外側に向かって開いていて、膣口は太マラの再来を待ち望むように、未だ閉じていなかった。

その奥から泡立つ白蜜がドロリと溢れ、塊《かたまり》となってシーツに滴《したた》り落ちる。

卑猥《ひわい》極まる有様を目の当たりにして、誠の全身を流れる血は熱くたぎった。今や若勃起は完全回復し、へそにくっつきそうなほど反り返る。誠はその剛直を握り締めて蜜花の中心を貫《つらぬ》き、勢いに乗ったままピストンを始めた。

「んひっ！　い、いいよぉ、その調子、激しく動かしてぇ……あぁ、オマ×コめくれちゃいそう、誠くんのぶっといオチ×ポ、好きぃぃ」

前戯で軽いアクメを経験していたおかげか、女体の淫火はまだ燃え尽きていなかったようである。若さに任せた誠の嵌め腰は、テクニックなどない稚拙《ちせつ》なものだったが、美喜はたちまち乱れていった。肉壺の底から再び熱い女蜜が湧き出し、膣壁は活《い》き活《い》きとペニスを締めつけてくる。

「おおぅ……み、美喜さんのオマ×コも、本当に気持ちいいです……ううっ」

膣路が極太ペニスにだいぶ馴染んだようで、嵌めたばかりの頃よりも膣肉は柔軟さを増し、ずっと抽送しやすくなっていた。自然とピストンは加速し、摩擦の悦《よろこ》びはさらに高まっていく。

二度の射精がなかったら、瞬く間に果ててしまったことだろう。そして今も、それほど余裕があるとは思えない。誠は肛門をグッと締め上げ、一突き一突きに気持ちを込めていった。たとえ美喜さんをイカせることができなくても、少しでも、一秒でも長く気持ち良くなってほしい！

すると、その思いが通じたのか、美喜もさらなる愉悦を誠に求めてきた。

「ねえ、オッパイも……さっきみたいに乳首、気持ち良くしてぇ」

艶めかしく背中をよじり、肩越しに媚《こ》びた流し目を送ってくる。

誠は「はいっ」と返事をして、彼女の背中に覆い被《かぶ》さった。両手を前に回し、ぶら下がっている双乳を掌に収めると、こねるように揉み込んでいく。硬く尖った乳首をつまみ、押し潰してはひねる。キュッキュッと引っ張る。

「あうっ、ああん、誠くん、上手ぅ……乳首も、オマ×コも、凄く気持ちいいよ……

あ、あ、んんっ、あたし、イッちゃうかも……！」

美喜の声は色っぽく掠《かす》れ、どんどん甲高くなっていく。

「ううっ、んっ……み、美喜さん、あんまり大きな声を出すと……」

伊織と綾音は二階の部屋だったが、同じ一階には明日菜の部屋があった。誠の部屋の隣が美喜の部屋で、その美喜の部屋とは廊下を挟んだ反対側に、明日菜の部屋がある。誠の部屋から少し離れているとはいえ、あまり淫声を響かせると、向こうまで届いてしまうかもしれない。

「くううっ……ごめんなさい、なるべく我慢するから、そのまま続けて……ズンズン突いて、ね、弱めちゃ駄目えぇ」

そう言いながら、美喜は四つん這いの状態から、おもむろに身体を起こしていった。ついには膝立ちで背面立位をしているような体勢になる。

ペニスと膣穴の挿入角度が変わって、嵌め心地も変化した。先ほどの後背位のときよりも、肉棒の裏側への当たりが強くなったのだ。亀頭と竿の境にある縫い目、裏筋への摩擦がより甘美になって、誠は射精感の高まりを覚える。

だがその体位は、美喜が自らを追い込むためのものでもあった。挿入角度が変わったペニスが、これまで以上にGスポットへ当たるようになったというのだ。

「ひいいっ……オマ×コの一番気持ちいいところが、グリッ、グリッてぇ……！　はあぁ、いいぃ、ほんとにイッちゃいそう……おぉ、おほっ、むぐうぅ……！」

どうにも止まらない牝声を抑《おさ》えるため、美喜はとうとう両手で自らの口元を押さえた。そして声を出せない代わりとばかりに、悩ましげに、狂おしげに、右へ左へ背中をくねらせる。瑞々しくなめらかな背中は、今やじっとりと汗に濡れ、妖しくも美しく光り輝いていた。

誠は誘われるように口元を寄せ、その汗をペロッと舐め取る。たった一滴が、乾いた喉に染み渡った。仄《ほの》かな塩気がなんとも美味に感じられ、嵌め腰の疲れも和らぐような気がした。背筋に沿ってツーッと舐め上げると、美喜は奇声を漏らしてビクビクッと身震いした。

彼女の巨乳を乳首ごと荒々しく揉み込みながら、誠は改めてピストンに励む。鈍い痛みすら覚えるほど、限界まで怒張した極太ペニスで、Gの急所をこれでもかと抉《えぐ》った。雁高のエラで、絡みついてくる膣襞を削いでいった。

美喜は乱れ狂うあまり、口元の手をずらしてしまう。その一瞬に彼女の口からほとばしった言葉を、誠は確かに聞き取った。

「イク、イクッ……ウウーッ！　ングゥ、ウグウグッ……ムグーッ!!」

言葉の後半は再び両手に遮られ、獣の咆哮《ほうこう》のような呻きとなったが、誠は、彼女が昇り詰めたことを確信した。ひときわ力強く、万力の如く締めつけてくる肉壺に最後のピストンを轟《とどろ》かせると、誠は苛烈なる摩擦快感に包まれながら、自らも昂ぶる精を解き放つ。

「ぼ、僕も、イキますっ……あ、あああッ‼」

初めてのセックスで、年上の女性を絶頂まで導いた。その達成感、満足感が、射精の悦を遙かに高めてくれた。女体の奥に精を吐き出す快感も知ることができた。

（セックスって最高だ……！）

自分はもう童貞ではないのだと、心の底から誇らしく思えた。

誠は、美喜の背中にギュッとしがみついたまま余韻に浸《ひた》り、やがて結合を解く。

そのまま尻餅をついてしまった。心地良い脱力感に浸りながら呼吸を整える。美喜の方はまだ余裕が残っていたようで、少しふらつきながらも、身をひるがえして誠と向かい合い、にっこりと微笑んできた。

「お疲れ様。初めてなのに頑張ったね。とっても気持ち良かったよ、ありがとう」

美喜はよしよしと誠の頭を撫でてくれた。照れくさくて、でも嬉しくて、誠の顔はカーッと熱くなった。

それから美喜は、手早くキャミソールとショートパンツを身に着ける。おっとっとっとパンティを拾い上げ、ベッドから降りて、「じゃあね、おやすみ」と手を振った。

どうやら自分の部屋に戻る気のようだ。誠は彼女に言った。

「一人じゃ寝られないっていうのは、嘘だったんですか？」

「あー、それはまぁ……えへへ」美喜は誤魔化すように笑って、ペロッと舌を出す。子供がやるようなしぐさだが、美喜にはよく似合っていた。

「ごめんね。でも、誠くんとエッチしたかったのはほんとだよ」

つまりは誠を誘惑するための口実だったというわけである。別に怒ったりする気はなかった。素晴らしい初体験をさせてもらったのだから、誠としては感謝しかない。

美喜は最後にこう付け足して、部屋から出ていった。

「あと、裸で寝てるっていうのもね。絶対気持ちいいから、誠くんもやってみて」

4

翌朝、誠はダイニングの席に座り、そわそわしていた。キッチンでは綾音が、全員の朝食を作ってくれている。伊織と明日菜はリビングでくつろいでいるようだ。

昨夜は、美喜の言ったことをちょっとだけ試してみた。全裸になってベッドに潜ると、確かに気持ち良かった。だが、そのせいでまたムラムラしてきて、このままじゃ寝られないと、結局、パジャマを着直したのだった。

（美喜さん、もう起きてきたかな？）

誠がそわそわしていたのは、空腹で、朝食を待ち望んでいたからではない。昨夜、セックスをしたばかりの美喜と顔を合わせるのが、ちょっとだけ恥ずかしかったからだ。他の人たちに気づかれないよう、平常心、平常心と、自分に言い聞かせる。

キッチンから綾音がやってきて、「朝食の準備が出来ましたので、皆様をお呼びしていただけますか？」と、誠に言った。誠はダイニングを出て、玄関ホールを横切り、リビングのドアを開けた。伊織と明日菜が、リビングと繋がっているサンルームで外の景色を眺めていた。

「朝食が出来たけど……美喜さんは？」

「まだよ」と伊織が答える。「あの子、昔から朝に弱かったのよね。陸上部の朝練にもしょっちゅう寝坊して遅刻していたわ」

今の時刻は八時前。せっかくのバカンスなのだからゆっくり寝かせてあげましょう

――ということになり、誠たちは先に朝食を済ませた。

そろそろ九時という頃になっても、美喜は起きてこなかった。「もしかしたら具合が悪いのかもしれませんので、わたくし、ご様子をうかがってきます」と、綾音がダイニングを出ていった。しかし、困った顔をして、すぐに戻ってくる。

「何度かノックをしたのですが、お返事がありません」

伊織は「ノックが聞こえないくらい熟睡しているか、まだ眠いからって、無視してるんじゃない？　放っておけばいいわよ」と言った。しかし、綾音が言うには、美喜の部屋の中から、目覚ましのアラームのような音が漏れてきているそうだ。

部屋の外まで聞こえてくるというのなら、かなりの音量のアラームだろう。それを放置して寝続けられるものだろうか？　誠だけでなく、他の皆もそう思ったようだ。

「誠が起きたときには、アラームの音なんて聞こえていた？」と、伊織が尋ねてくる。

誠は首を横に振った。この館の部屋の壁がどれくらい厚いのか、それはわからないが、すぐ隣の誠の部屋にアラーム音などは聞こえてこなかった。誠が起きて部屋を出たのは七時半頃だったので、それ以降に、美喜の部屋でアラームが鳴りだしたということだろうか。

「やっぱり具合が悪くて、起きられなくなっているんじゃないでしょうか？」と、綾音が心配そうに言うので、とりあえず様子を確認することとなった。伊織と綾音だけでなく、明日菜も美喜の部屋に向かったので、なんとなく誠もついていった。

伊織が、美喜の部屋のドアをかなり強めにノックする。「美喜、美喜ったら、起きてるの？　どうかしたの？」

しかし、やはり返事はなかった。そして確かに、アラームの音が中から聞こえてくる。「入るわよ」と、伊織はドアレバーを握った。だが、鍵がかかっていて開けることはできなかった。

皆の顔に不安が広がった。一同は念のためにトイレやバスルームを確認したが、美喜はいなかった。あるいは美喜は、とっくに目を覚ましていて、今頃は島の遊歩道で朝の散歩でもしているのかもしれない。アラームをセットしたのも忘れて。

「だとしたら、そのうちお腹を空かせて帰ってくるわよ」と、伊織が肩をすくめる。

そうかもしれないと、誠も思った。

しかし——なんだか妙に気になる。誠は玄関ホールに向かい、外に出た。館の外壁に沿って回り込んで、美喜の部屋の前に立った。窓から部屋の中を覗き込む。

カーテンが半分開いていて、ベッドに寝ている美喜の姿が見えた。

（いた！　散歩に行ってたんじゃなかった）

伊織たちも遅れてやってきた。この館は切り立った崖のすぐ近くに建っていて、腰の高さ程度の柵はあったが、その先は海となっている。十メートルほどの崖の下では、青黒い波が打ち寄せては、白く砕け散っていた。高いところがあまり得意ではないというのに、伊織はその様子をチラッと覗き込み、「ひいっ」と悲鳴を上げる。

「美喜さん、いました。ベッドで寝ています」と、誠は皆に伝えた。

綾音が窓を開けようと試みる。しかし、こちらにも鍵がかかっていた。仕方がないので綾音は、窓を叩いて呼びかけた。しかし、ベッドの美喜はピクリとも動かない。全員が大きな声で呼びかけても結果は同じだった。

これはいよいよ変だと、誠は考える。アラーム音は相変わらず鳴り続いていた。これだけ騒がしくされて、まだ寝ていられる人がいるとは思えない。

綾音も同じ考えだったようで、彼女は伊織に申し出た。「窓を割りましょう」

伊織は「えっ?」と驚く。しかし、

「もし美喜さまがなにかの病気で、一刻も早くお医者に診せなければならない状態だったとしたら――」と綾音が言うと、伊織も納得した。

綾音は窓を割るための道具を探しに戻り、台所から肉叩き用のハンマーと布巾を持ってきた。ガラスが飛び散らないように布巾で覆ってから、少しずつ力を込めてハンマーを叩きつける。七、八回目で、ガラスの割れる音が響いた。格子の入った窓だったので、ガラスの割れる範囲は最小限ですんだ。

窓ガラスの一部に穴が開いたことで、部屋から漏れていたアラーム音が大きくなる。人を急かすような甲高い電子音が、誠たちの不安をさらに掻き立てる。綾音は、格子の中に残った細かいガラスも叩き割って、そこに腕を差し込み、窓のロックを外した。そして窓を開け、ガラス片を踏まないように靴を履いたまま室内へ乗り込む。

アラームを鳴らしていたのは、ベッドの隣のサイドテーブルに置かれたスマホだった。綾音はアラームを止め、ベッドの美喜に呼びかけた。

「美喜さま、大丈夫ですか？　美喜さま？」

誠も窓枠を乗り越えて、部屋の中に入る。伊織と明日菜は、外から様子をうかがっていた。綾音が美喜の肩を軽く揺する。そして、ハッとした顔で呟いた。

「冷たい……」

綾音はダウンケットをめくる。見覚えのある姿の美喜が現れた。あの上下お揃いのキャミソールとショートパンツだ。

美喜の鼻先に耳を近づけ、胸元にも耳を当てる綾音。

「呼吸をされていません。心臓も動いていないみたいです」

良家の家政婦として、いつも落ち着いた振る舞いをし、露骨に感情を表すことを抑えているような彼女が、明らかにその美貌を引《ひ》き攣《つ》らせて呟いた。

「……亡くなっています」

誠は啞然《あぜん》とする。まさかと思った。信じられなかった。

だが綾音の顔は、冗談を言っているようには見えなかった。そもそも綾音は、そんな不謹慎な冗談を言う人ではない。

「そんな……昨日はあんなに元気だったのに……」

昨日——昨夜、誠とセックスをした美喜。性の悦びに活き活きと女体を躍動させていた彼女が、今は物言わぬ遺体となって横たわっている。そのことが誠にはとても恐ろしく感じられた。脚がガクガクと震える。

八月の陽光は、室内に濃い影を落としていて、美喜の身体もその影の中に隠れていた。なんてことはない光景のはずなのに、今の誠には、まるで死をもたらすなにかが美喜の身体にまとわりついているように思えた。

「いったいどうして?」

「わかりません」綾音は、静かに横たわる美喜の頭から爪先まで、何度か視線を往復させた。それから、ダウンケットをそっとかけ直した。「……身体に外傷のようなものは、素人目には見当たりません」

誠は、この状況を誰か説明してくれないかと、窓の外の伊織と明日菜に目を向ける。

しかし二人とも色を失い、呆然と立ち尽くして、誠以上に混乱している様子だった。

（死んだ……なんで……？　病気による突然死……それとも……）

「誠くん、綾音さん、その部屋から出た方がいいかもしれないわ」明日菜が怯《おび》えた顔で、窓際から後ずさる。「もしかしたらこの島、毒を持っている虫かなにかがいるんじゃないかしら？　それが美喜ちゃんの部屋に入り込んで……」

足元をきょろきょろと見まわす明日菜に、綾音が言った。「この島に、そんな危険な生き物がいるとは聞いていないのですが……」

誠と綾音は、注意しながら部屋の中をざっと調べてみた。しかし、生き物の類《たぐ》いは見つからなかった。

伊織が、引き攣った奇妙な笑みを浮かべて呟く。「毒虫とかの仕業だとしたら、もう部屋の外に出ちゃったのかもしれませんね。小型の蜘蛛《くも》みたいなやつだったら、ドアの隙間をくぐり抜けて出入りできたりするんじゃないですか……？」

つまり小さな殺人者が、この部屋から廊下に出て、他の部屋に侵入している可能性もあるということか。明日菜は両手で自分の肩を抱き、「やめて……！」と叫んだ。

「落ち着いてください。まだ毒虫がいると決まったわけではありません。なにかの病気かも……」と、綾音が言う。伊織と明日菜も、毒を持った危険生物の仕業より、病気による突然死の方が受け入れやすかったようで、ちょっとだけ表情が和らいだ。

だが、誠はどうも腑に落ちなかった。なにか違和感があった。

考えて、ハッと気づく。ベッドに横たわっていた美喜は、キャミソールとショートパンツ姿だった。

(美喜さん、寝るときは裸になるって言ってたのに……あれはやっぱり冗談だったのか？)

そうかもしれない。しかし、そうじゃないかもしれない。

誰かが美喜の死体に服を着せた？　誰がそんなことをする？

そんな人物がいるとすれば、もちろん——美喜を殺した人間だろう。

あるいは美喜が裸になって寝る前に、誰かが美喜を殺して、それからベッドに寝かせたのかもしれない。そんな恐ろしい考えに、誠はブルブルと首を振った。

(い、いや、そんなはずはない)

部屋のドアも、窓も、鍵がかかっていたのだ。部屋の鍵は、ベッドのそばのサイドテーブルの上に置かれていた。キーホルダーには、この部屋の番号がしっかりと記されていた。
もし誰かが美喜を殺したというなら——
これは密室殺人だ。

第二章　淑やかメイドの熟れ肉奉仕

1

ところが、これは密室殺人でもなんでもなかった。
正確にいうなら、殺人ですらなかったのだ。
もっとも、誠がそれを知るのは、もうちょっとだけ先のことである。

2

とりあえず美喜の部屋の鍵は開けておき、一同は玄関ホールに戻った。
とにかく人が死んだのだからと、警察に通報することとなる。が、外部への唯一の連絡手段である、この貸別荘の据え付けの電話は使えなかった。受話器を耳に当てても、まったくの無音だったのである。

電話機が故障しているのか、あるいは電話線がどこかで切れているのか——

ここに来てから、電話をしようと思った者は一人もいなかった。だから、いつからこの状態なのかわからない。

スマホも圏外なので使えず、管理人がクルーザーで迎えに来るのは五日後だ。

「なんてことでしょう……！」と、綾音がわずかに語気を荒らげた。「こんな大変なときに、どこにも連絡できないなんて……」

誠も苛立ちを覚えずにはいられなかった。〝なにかあったらいつでも連絡してください〟とか言っていたくせに、あの管理人、どんな仕事をしているんだ。ちゃんと電話が使えるかどうか、客が来る前に確認しなかったのか？

「ねえ……じゃあ迎えが来る五日後まで、美喜ちゃんの遺体をずっとあの部屋に置いておくの？」と、明日菜が眉をひそめて言う。今は八月の中頃、夏真っ盛りの時期だ。死体など、すぐに腐ってしまうのではないかと思われる。

すべての客室にはエアコンが設置されているので、設定温度を最低値の十六度にして、五日後までガンガンに冷やし続けるという手もあるにはあった。しかし、それならばと、綾音が別の提案をする。美喜の遺体を離れの塔に移すというのだ。

「あの塔には地下室がありましたよね。食料庫とワインセラーの二部屋――」

どちらの部屋も空の棚が置いてあるだけで、本来の目的では使われていなかった。食料やワインの保存は、本館の設備で間に合っているからだ。塔が造られた当時の名《な》残《ごり》ということだろう。

その地下室に美喜の遺体を移しましょうと、綾音は言うのである。あの手の地下室は、地域にもよるが、一年を通して温度がだいたい十五度以下に維持されるのだとか。湿度もおそらく七十パーセントくらいらしい。

「湿度七十パーセントって、そんなに低くないんじゃない？　エアコンで除湿運転した方が効果的なんじゃないかしら」と、明日菜が首を傾げる。

「でも、除湿運転じゃ、あまり温度が下げられないですよ」と誠が言うと、明日菜はなるほどと納得してくれた。

こうして、美喜を塔の地下室へ運ぶこととなった。発案者であり、家政婦という立場もあってか、綾音が率先してその役目を引き受けてくれた。一人で遺体を運ぶのは大変だろうからと、明日菜も手伝いを申し出た。

「僕が手伝いますよ」と誠は言ったが、

「誠くんは、伊織ちゃんについていてあげて」と、明日菜に優しく断られた。

美喜の原因不明の突然死——誠にとってもショックだったが、伊織はそれ以上に混乱していたようだった。だが、時間が経つことで、それも多少は落ち着いてきたように見えた。すると今度は、十年来の友達を喪《うしな》った悲しみが伊織を襲ったようである。いつもの気の強いお嬢様っぷりは鳴りを潜め、立っているのがやっとという感じの弱々しい有様で、ボロボロと涙をこぼしていた。泣き止んではまた嗚咽《おえつ》を漏らすということを繰り返している。

そんな姉に寄り添い、運ばれていく美喜を見送っていた誠は、最低だな、僕——と、心の中で呟く。

美喜の遺体が運び出されて、少しだけほっとしている自分がいた。口には出さないが、不審死を遂げた遺体がすぐそばにあるというのは、やはりゾッとする。美喜は自分の童貞を奪ってくれた人だというのに——誠は、湧き上がる自己嫌悪に唇を噛んだ。

伊織が肩を震わせ、掠れたか細い声で呟く。

「私が結婚を決めなければ……この独身最後の旅行もなくて、こんな島に来ることもなくて……美喜も死なずにすんだかもしれない……」

かつての彼女は結婚に後ろ向きだった。三十路《みそじ》が近い年頃となっても、交際相手の一人もおらず、恋よりも仕事に熱心なタイプだったのだ。

誠の義父——伊織の父親も、娘を無理に結婚させようとは思っていなかったようである。父親は、亡き妻の忘れ形見である伊織を溺愛し、伊織の望むままにさせていた。

ただ、その父親が、半年前に交通事故で死んでしまった。

後妻である誠の母親は、まだ一人も子供を産んでいなかった。つまり皆口家に残された男子は、誠だけだった。だが義理の祖父母は、皆口家の血を引いていない誠に跡を継がせたくはなかったのだろう。だから伊織に結婚を求めた。婿を取って、跡取りの男の子を産むことを求めたのだ。

伊織も、皆口家の娘としてそれを受け入れた。結婚相手は祖父母が決めた。有名自動車メーカーの経営者一族の者だという。年齢は伊織より五歳年上で、いかにも頭の良さそうなイケメン理系男子という感じだったが、伊織はその相手を気に入ってはいなさそうだった。

それでも伊織が縁談を断らなかったのは、相手が誰であろうと、彼女にとっては一緒だったからかもしれない。所詮は望まぬ結婚。皆口家の跡取りを作るためのやむを得ぬこと。誠には、伊織がそう考えて諦めているように思えた。

だからこそ、伊織はこの独身最後の旅行を精一杯楽しもうと思っていたに違いない。

それなのにこんな悲劇が起きてしまうとは、なんと皮肉なことだろう。

「……姉さんのせいじゃないよ」

誠は、それ以上にどう姉を慰めていいのかわからなかった。

とにかく今はまだ、美喜の死んだ原因が不明なのだから。

もしも毒を持つ生物がどこかに潜んでいるというのなら、美喜の死に責任を感じたり、悲しんでばかりはいられないだろう。誠たちも、いつその生物に襲われるかわからないのだ。鍵をかけた部屋にも侵入してくるとなると、恐ろしくて夜も眠れない。

(でも……あり得ないとは思うけど、もしあれが……)

人の仕業だとしたら、殺人だったとしたら――

それもまた恐ろしい。この島のどこかに殺人者が隠れているということだろうか。あるいは夜中に船でやってきて、美喜を殺し、すぐまた船に乗って去っていったという可能性もある。

(もしかして、あの管理人のおじさん？　あの人ならクルーザーがあるし、この館の合鍵を持っていてもおかしくないから、どの部屋にも侵入できるだろう。まさか電話が使えないのも、あのおじさんの仕業とか……)

とにかく、事実を確かめたかった。

その後、綾音と明日菜が戻ってくると、全員はリビングに集まった。ただ、誰もしゃべろうとはしなかった。唯一、綾音が「コーヒーを淹《い》れましょうか？」と言ったが、伊織も明日菜も無言で首を横に振り、誠もその空気に逆らえなかった。

やがて沈黙に耐えかねたのか、伊織が自分の部屋に戻っていった。ほどなくして、明日菜もそれに続いた。誠と綾音が取り残された形になる。

綾音は溜め息をつき、「大変なことになりましたね……」と独り言のように言った。

昼食の前に、誠は念のため、船着き場の桟橋へ行ってみた。辺りを見て回ったが、夜中に船がやってきたことを証明するようなものはなにも発見できなかった。

それから、離れの塔にも登ってみた。屋上から、島を覆う森を見下ろしてみたが、密集した木々のせいで、あそこに誰かが潜んでいたとしても、ここからではとても見つけられそうにはなかった。

森の方は諦めて、海に視線を向けてみるも、遙か遠くに米粒みたいな船影が見えるのみ。そういえば島に来るときのクルーザーの中で、管理人が、〝この辺りの海は暗礁が多くて、漁場には適さないんです。だから漁船が近くに来ることも滅多になくて、プライベートリゾートを堪能できますよ〟とか言ってたっけと、誠は思い出した。仮にここで狼煙《のろし》のように火を燃やしてみても、あれだけ離れていては到底気づいてもらえないだろう。

結局なんの成果も挙げられず、誠はすごすごと本館へ戻った。

昼食、夕食のときは、皆、ダイニングに集まったが、やはり会話はほとんどなし。食事が済むと、伊織も明日菜も、すぐに自室に戻っていった。夕食の後、誠は後片づけをしている綾音に、美喜の死因をどう考えているか尋ねてみた。しかし綾音は、

「わたくしにはわかりません」と、申し訳なさそうに答えるだけだった。

その夜、ベッドに入ってもなかなか眠れずに、誠は真っ暗な天井を見上げながら考え続けた。もしあれが殺人だったとしたら、犯人はどうやって密室を作ったのか？

ドアも窓もロックされていた。部屋の鍵は室内に残されていた。まさにミステリー小説などに出てくる〝密室〟の定番だ。しかしミステリー小説なら、そこには必ずトリックがある。

(現場にあったあの鍵……本当に美喜さんの部屋の鍵だったのか？)

誰かがすり替えたのかもしれない。鍵の形なんて、普通、誰も覚えていないはずだ。どの部屋の鍵かは、キーホルダーに記された番号だけで判断している。別の部屋の鍵を、美喜の部屋のキーホルダーにつけ替えたとしても、誰も気づかないだろう。

犯人はそうやって美喜の部屋の鍵を持ち出し、部屋の外から鍵をかけた――それが密室トリックだったのではないだろうか。

（いやいや、本当に犯人なんかがいるっていうのか……!?）

毒虫などではなく、殺意を持った人間の仕業だというのか？　そいつは今もこの島に潜んでいるのか？

それとも、まさか、今回の旅行に参加したメンバーの誰かが……？

そんな馬鹿な、あり得ないと、誠はその考えを頭の中から振り払おうとする。

だが、不安はなくならなかった。疑心暗鬼がどうにも抑えられず、どんどん目が冴えていく。しばらくして、誠は勢いよくベッドから身を起こした。

（駄目だ。確認しなきゃ、とても眠れない）

もしも美喜の死が殺人で、密室トリックが使われたというなら、美喜の部屋の鍵を調べればなにか痕跡が残っているかもしれない。

もちろん、そんなものが見つかったら、不安で眠れないどころの騒ぎではないだろう。だから誠は、トリックの痕跡など見つからないことを望み、殺人者などいないと己に言い聞かせながら部屋を出た。それでもつい、足音を忍ばせてしまう。常夜灯代わりの星明りが差し込む、仄暗い廊下を進み、リビングのドアをそーっと開けた。人の気配がないことを確認してから中へ滑り込み、ドアを閉めるときもなるべく音がしないように気をつけた。

リビングの電気を点《つ》け、壁際にあるアンティークデスクの引き出しを開ける。一番左の引き出しに、この館の鍵類が集められていて、美喜の部屋の鍵もあった。きっと綾音が戻したのだろう。

誠はその鍵を手に取り、キーホルダーを付け替えた跡が残っていないだろうかと、鍵の頭の穴の部分をシャンデリアの灯《あか》りにかざして、様々に角度を変え、観察した。

それらしい痕跡は残っていなかった。誠はほっとする。

ところが——念のために実験してみようと、鍵からキーホルダーを外してみて、誠はウーンと首をひねった。

鍵の頭の穴は、キーリング——部屋番号が記されたプレートと鍵を繋ぐ、二重巻きの金属の輪っか——とかなり擦れたはずだが、傷跡のようなものはまったく残っていなかったのだ。つまり、たとえキーホルダーを付け替えたとしても、この鍵にその痕跡は残らないのである。キーリングの方も調べてみたが、こちらも同様で、得られるものはなかった。

誠はがっかりする。当てが外れた。結局、なにもわからないままだった。

鍵を戻して、点けた灯りを消し、もやもやした気分で自分の部屋へ帰ろうとする。

薄暗い廊下を歩いて、自分の部屋のドアの前で立ち止まって——そのとき誠は、廊下のさらに先でなにかが光っていることに気づく。隣の部屋のドアの足元の隙間から、微かに光が漏れていたのだ。

誠の部屋の隣は、美喜が使っていた部屋だ。

美喜の部屋の灯りがついているのである。今日、美喜の部屋の窓を破って突入したときには、灯りは間違いなく消えていた。

(あの後、誰かがあの部屋の灯りを点けたのか？　なんのために？)

誠は再び忍び足になって、美喜の部屋のドアの前まで移動する。心臓が破裂しそうなくらいに早鐘を打っていた。膝がガクガクと震えた。

(誰かが、今、いるのか……？)

恐ろしい。だが、確かめないわけにはいかなかった。もしかしたら今、隣の部屋に殺人犯が忍び込んでいるかもしれないのだ。それを確かめないまま一晩を過ごす方が、よっぽど恐怖だった。

誠はそっとドアに耳を当てる。物音が聞こえた。やはり誰かがこの部屋にいるのだ。

耳を澄ますと、声も聞こえてきた。『あった、あった』『あれぇ、キャリーケースが閉まらなくなっちゃった』
その声は——
誠は思わずドアを開けていた。部屋の中にいた人物が、驚いた様子で振り返る。
それは美喜だった。

3

頭の中が真っ白になるとは、まさにこのことだった。

誠は驚きのあまりなにも考えられず、声も出せず、石像のように固まってしまった。

美喜が苦笑いを浮かべ、なにか言っている。あーあ、見つかっちゃった。まあ、誠くんにならバレちゃってもいいか。

(なんだって……バレちゃってもいい……？　どういう意味だ……？)

少しずつ理性が回復してくると、誠は改めて目の前の彼女を見据えた。ブロンドに染めたロングヘア、瑞々しく健康的に肉づいた肢体、その目元、その口元——間違いなく、あの美喜だ。〝死体〟としてベッドで発見したときと同じ、キャミソールとショートパンツ姿である。

美喜の右手にはスマホが、左手にはイヤホンの充電ケースと充電用アダプターなどが握られていた。

「詳しいことは綾音さんに聞いて」と言い、彼女は窓際に移動すると、開け放たれていた窓からよっこいしょと外に出て、走り去っていった。「窓、閉めといて」と言い残して。

誠はしばらく呆気《あっけ》に取られていたが、美喜の言葉に従い、とにかく綾音に話を聞いてみようと思った。今の時刻は、深夜零時を少し過ぎた頃。おそらく綾音ももう寝ているだろう。部屋のドアをノックしても、なかなか起きてもらえないかもしれない。誠は思い切って、内線電話をかけてみた。各客室には、インテリアの雰囲気を乱さないようなアンティーク調の電話機が置かれていて、どの部屋にも内線電話がかけられるようになっているのだ。

綾音が電話に出るまで、少し時間がかかった。「もしもし、誠です」と告げると、綾音は寝起きの掠れた声で、しかしいつもどおりの丁寧な口調で、「……どうなさいましたか？」と尋ねてきた。

誠は、死んだはずの美喜と遭遇したことを話した。「詳しいことは綾音さんに聞いて」と言われたことを告げた。すると、しばしの沈黙の後、『今から誠さまのお部屋にうかがってもよろしいでしょうか？』と、彼女は言ってきた。

一刻も早く説明してもらいたい誠は、「はい」と答える。美喜の部屋の窓を閉め、電気を消して、自分の部屋に戻った。ほどなくして、綾音がやってくる。

パジャマ姿の綾音を見た途端、真夜中に自分の部屋へ女を招き入れようとしているのだと、今さらながら気づいた。誠は、湧き上がってくる牡の感情を振り払って、彼女を部屋に入れる。

綾音に椅子を勧め、自分はベッドの縁に腰掛けると、早速説明を求めた。

落ち着き払った態度で綾音は、「黙っていて、申し訳ありませんでした」と頭を下げる。そして、こう続けた。「伊織さまの独身時代の最後の旅行ですから、一生の思い出になるようなイベントを起こそうと思ったのです」

それで嘘の殺人事件を計画したという。いわゆるサプライズだ。

旅行に参加する美喜と連絡を取り、協力をお願いすると、美喜は「面白そう！」と大喜びして、二つ返事で引き受けてくれたそうである。

「明日菜さんはそのことを知っているんですか？　もしかして……」

「はい、明日菜さまにもお話しし、手伝っていただけることになりました」

そうだろうと、誠は納得する。美喜の〝遺体〟を離れの塔の地下室へ運ぶとき、綾音が美喜の上半身を持ち上げ、明日菜が下半身を担当していた。もしも明日菜が協力者でなかったとしたら、死後硬直を起こしておらず、まったく冷たくなっていない美喜の生足に触れて、違和感を口にしなかったはずがない。

「そういうことなら、僕にも話してくれれば良かったのに……」誠はちょっとだけ文句を言った。「美喜さんがほんとに死んだと思って、滅茶苦茶怖かったんだよ？」

綾音は、すみませんと、再び頭を下げた。「誠さまは……とても素直な方ですから、こういうことは苦手だろうと思いまして」

まあ、確かにそうかもしれない。サプライズだと知っていたら、美喜の〝遺体〟を見つけたときに、下手くそな演技をして、伊織に見抜かれてしまった可能性がある。

だが、それはそれとして――いくらサプライズだからって、殺人事件だなんて、ちょっとやりすぎなのではないかと誠は思った。

（綾音さんって意外と大胆なのかな。それとも天然なのか……？）

誠は、綾音が冗談を言ったりしたことを、これまで一度も聞いたことがない。少々お堅い性格というか、真面目すぎる人なんだと思っていた。だからこんな過激なドッキリ企画を彼女が考えたというのは、なんとも予想外だった。

事情を話し終えた綾音は、真っ直ぐに誠を見つめてこう言った。

「こうして知られてしまった以上は仕方がないです。どうか誠さまも、このサプライズのためにお力を貸してくださいませんか？」

「ぼ、僕も？　ううーん……」

サプライズイベントである以上、当然、最後は伊織に本当のことを伝えなければならない。そのとき伊織は、笑って赦してくれるだろうか？

いや、きっと怒るだろう。それも、物凄く。彼女の弟を十年やってきた誠には確信のようなものがあった。だから誠は、この件にはできれば関わりたくないと思った。

誠が返事を渋っていると、不意に綾音が椅子から立ち上がる。

「誠さまも立ってくれませんか？　お願いします」

「え……う、うん」

綾音の眼差しがとても真剣だったので、誠は言うとおりにした。

すると綾音は、誠の目の前まで来て、ひざまずく。そして一瞬の躊躇《ためら》いもなく誠の腰をつかみ、パジャマズボンとパンツを一気にずり下ろした。

「うわっ!?　な、なにを――」

慌てて股間を隠そうとする誠だが、その前に綾音の手が素早くペニスを握り込む。

「タダで手伝ってくださいと言うつもりはありません」

まるで注射に怯える子供を宥《なだ》めるように、綾音は優しげに微笑んだ。「お任せください。わたくし、こういうご奉仕も得意ですので」

柔らかで、ちょっとだけひんやりとした綾音の手が、びっくりして縮み上がっている肉茎を丁寧に揉みほぐしてきた。得意と言うだけに、慣れた手つきで非勃起のペニスをマッサージし、充血を促してくる。片方の手では、幹の根元をそっと握っては離し、もう片方の手では亀頭や雁首をつまんで、プニプニと揉み込んだ。

「あう……あ、ああ……」

誠の心はまだ淫気よりも羞恥心が勝っていた。誠が大学へ行くときは「いってらっしゃいませ」と見送り、帰ってきたときは「おかえりなさいませ」と必ず出迎えてくれる綾音——住み込みの家政婦として毎日顔を合わせていた彼女は、ほとんど家族のような存在だったのだ。

そんな彼女が誠のペニスに触れて、揉んで、奮《ふる》い立《た》たせようとしている。どうしても戸惑いを禁じ得ない。だが、恥ずかしさに強張る誠の心も、彼女の巧みな手技によってほぐされていった。じわり、じわりと湧き上がってくる愉悦によって、身も心も熱くさせられる。

ムクムクと肉茎は膨らんでいき、それによって感度も高まっていく。加速度的に勃起は進み、ついには野太い血管を浮き立たせて怒張する有様を、綾音の目の前に晒《さら》してしまった。

「まあ……！」と、綾音は目を見開く。「素晴らしい逸物《いちもつ》です。なんて逞《たくま》しい……」

ただのお世辞ではないらしく、綾音は良家の家政婦の顔を一瞬忘れたように、感嘆の眼差しでまじまじと剛直に見入った。

誠は誇らしい気分になり、女の視線にペニスもますます昂ぶっていく。それは綾音の手筒の中で得意げに胸を張り、ビクンビクンと力強く脈打った。

「うふふ、誠さまの逸物が、早く奉仕をしろとウズウズされていますね。はい、ただいま……」

綾音はその美貌を、形良く整った欧米人並みの鼻筋を、誠の牡器官に近づける。

誠が風呂で身体を洗ってから、それほど時間は経っていないが、ベッドに入る前にトイレで小用を足していた。そんなペニスに向かって、綾音はそっと舌先を伸ばし、まずは裏筋を丁寧になぞり始める。

「くっ……うぅぅ」

むず痒さにも似た快美感に、ペニスの芯がじんわりと痺れていくようだった。誠の吐息は乱れ、腰はひくつき、やがては熱い汁が尿道口にぷっくりと玉のしずくを作る。

綾音はそれを、唇を窄《すぼ》めてチュッと吸い取った。

そして、ペニスの表面に唇を滑らせるようにして、静かに咥え込んでいく。温かな舌肉がねっとりと亀頭に絡みついてきた。舌先でチロチロと、鈴口の内側までくすぐられたりもした。

太マラが朱唇を大きくこじ開けても、綾音はあくまで落ち着いた様子で、竿の半分近くまで口の中に収める。亀頭が喉の奥に当たると、さすがに綾音もちょっとだけ眉をひそめたが、躊躇うことなくすぐさま首振りを始めた。

(これが……綾音さんのフェラチオか)

美喜のそれは、白濁ペニスの舐め清めの延長という感じだったが、こちらは男のツボを的確に突いてくる明らかな口淫だった。固く締めた唇が雁首をしごき、たっぷりの唾液にぬめった舌肉が敏感な亀頭粘膜を這い回る。

「き、気持ちいい……うぐっ」

実に巧みな口奉仕だった。ただ、誠が今までAVなどで見てきたものとは少々違う点があった。綾音のフェラチオはとても上品なのだ。男の性器をしゃぶっているというのに、その姿ははしたないというより、なんとも恭《うやうや》しい。

首の振り方はそれほど早くなかったが、一瞬の淀みもなく、機械のように正確なリズムを刻むその動きは、見ていて美しいとすら思えた。肉棒をしゃぶる音も不思議なくらい響かず、クチュクチュと控えめに漏れ聞こえてくる程度である。

唇の端からよだれがボタボタとこぼれたりもしない。そんな品の良いフェラチオでありながら、ペニスには充分な愉悦がもたらされた。おそらく綾音は、男の泣きどころを熟知しているのだ。コツがわかっているから、やることに無駄がない。だから上品に見えるのだろう。

AVなどの、男の劣情を煽《あお》るための派手なオシャブリとは違う、良家の家政婦にふさわしい口奉仕――まさにプロの技だった。

「か……家政婦さんって、こういうことも上手じゃなきゃ駄目なの……？」

誠の問いに、綾音はただにっこりと目を細めるだけだった。まさかその唇が、今は亡き義父の陰茎も咥えていたのだろうかと想像し、誠はなおも興奮する。

そして、ペニスが出たり入ったりする綾音の口元をじっと見下ろしているうちに、ハッと気づいた。彼女のパジャマの胸元に、小さな突起が浮き出ていたのだ。上から見ていたおかげで、二つの膨らみの頂点の様子がはっきりとわかった。

（綾音さんもノーブラなんだ……）

綾音が首を振るたび、布地に浮き出た突起はときに消えたり、左右に動いたりし、パジャマの中で双乳がどんなふうに揺れているのだろうかと、誠の想像力を掻き立ててくれる。

（……おっきいんだろうな。綾音さんのオッパイ）

家政婦の彼女は、皆口家では朝から晩までエプロンを着用していたが、それでも胸元の豊かさは隠しきれていなかった。年頃の誠としては気にならないわけもなく、こっそりと夜のオカズにしたことも一度や二度ではない。

夢中になって見入っていると、綾音もその視線に気づいたようだ。

すると綾音は、肉棒への口奉仕は続けながら、パジャマの前のボタンを外していった。相手の要望を汲み取って、言われる前に行動する——家政婦の鑑《かがみ》である。

一つボタンが外れるごとに、彼女の胸元がより露わとなっていく。くっきりとした谷間が見えた。肉房のタプタプと揺れる様子が見えた。

すべてのボタンを外し終わると、パジャマの合わせ目がはらりと広がり、膨らみの頂点に息づく仄かな褐色の突起がちらりと顔を出した。

綾音はペニスを咥えたまま、パジャマを脱いでいく。膝立ちから蹲踞《そんきょ》の姿勢になって、ズボンとパンティまで器用に両足から引き抜いた。

生まれたままの姿になった綾音。ムッチリと肉づいた女体を見下ろした誠は、思ったとおりの双乳のボリュームに笑みを禁じ得ない。昨夜見た美喜のバストよりも一回りほど大きく、まぎれもない巨乳である。

思わず尋ねていた。「な……何カップ？」

綾音はいったんペニスを吐き出すと、ちょっとだけはにかむように目を逸らし、

「これは……Gカップです」と答えた。

そしてまた咥え直し、先ほど以上の首振りで肉棒をしゃぶり立てる。二つの大きな膨らみがゴムボールのように躍動し、誠の目を悦ばせてくれる。

ペニスの性感だけでなく、牡の官能も昂ぶり、射精感が込み上げてきた。誠は小さく呻き、膝を震わせる。陰嚢がキュッと縮んで迫り上《せあ》がる――そこに綾音の手がそっと触れてくる。

ひんやりとした掌が陰嚢を撫で、柔らかに揉んできた。陰嚢は揉みほぐされるどころか、クルミのようにますます固くなる。その感触で、綾音は誠の限界が近いことを察したのかもしれない。

空いていた方の手を肉棒に絡め、唾液のぬめりを塗り広げるように、綾音はシコシコと根元をしごきだした。陰嚢を撫でていた手は、その奥にある部分――俗にいう蟻《あり》の門渡《とわた》りを指先でさすって、さらなる快美感を上乗せする。

「あ、あっ、綾音さん、出ちゃうよ……！」

明らかにフィニッシュを意識した、口淫、手淫の一斉攻撃で、ペニスは限界間近まで追い込まれた。誠がそのことを告げても、綾音は躊躇なく若勃起をもてなし続ける。

いつでもどうぞと、誠を見上げる彼女の瞳が語りかけてきた。

そうだろうと誠も予想していた。奉仕のプロである彼女が、口内射精を厭《いと》うわけがない。だからこそ誠も、雁《かり》のくびれに引っ掛かる唇の感触に、唾液のぬめりで幹の根元をしごかれる摩擦感に、心から酔いしれた。遠慮なく、射精感を高めていった。

「イ、イクよ、綾音さん……あ、あぁ……うぅ、で、出るうぅ!!」

下腹の奥から込み上げてきた熱いものを、思いっ切り解き放つ。

吐精の悦は、女の口内に初めてザーメンを注《そそ》ぎ込《こ》む感動と合わさって、背筋がゾクゾクするほどだった。一回、二回の噴出では収まらず、発作の如き腰の痙攣はさらに繰り返された。

そして綾音は、搾りたての熱い種汁をすぐさま飲み込んでいく。涼やかな笑みすら浮かべながら、一滴もこぼすことなく。

最後にペニスの裏側を丁寧にしごき、射精の余韻をさらに甘美にしてくれた。尿道内の残滓《ざんし》を搾り尽くした綾音は、ゆっくりペニスを吐き出すと、居住まいを正し、

「……ごちそうさまでした」と、三つ指をついてお辞儀した。まるでお茶の席の作法のように。

男の性器をしゃぶり、精をすすったというのに、どこまでも綾音は淑《しと》やかだ。しかし、そんな上品な所作《しょさ》に反し、彼女の身体は実に扇情的である。誠は、目の前でかしこまっている女の裸を改めて眺めた。上半身は柔肉をほどよくまとい、Gカップの乳房は重力の影響を感じさせながらも充分な丸みを保っている。ウエストのくびれは控えめと言わざるを得ないが、その分、腰回りから尻、そして太腿にかけての豊満な肉づきは圧巻だった。たわわに実った果実を思わせる、脂《あぶら》の乗り切った完熟の女体である。

（いやらしくないのに、いやらしい……。頭がどうにかなりそうだ）

淑やかさと淫猥さが同居する綾音に困惑しつつも、誠は牡の情欲をたぎらせた。熱い血が新たに駆け巡り、誠のペニスは萎える間もなかった。

4

「あんなにいっぱいお出しになったのに……素晴らしい回復力ですね」

一瞬うなだれかけたものの、たちまちフル勃起状態に戻った男根。綾音の物静かな表情にも、素直な驚きが滲み出ていた。

「まだ満足されていないということですよね。では……」

綾音は、失礼しますと言ってベッドに上がり、仰向けになって、ゆっくりと股を広げた。M字を描くコンパスの付け根で、黒ずんだ褐色の花弁が、ぷっくりとした肉厚の陰唇からはみ出していた。

「次は、わたくしのここでご奉仕いたします」

うっすらと頬を赤く染めて、どうぞと誠を促す綾音。

誠は彼女の股の間に腰を下ろして、陣を構える。使い込まれたようにグニャグニャとよじれ、皺を寄せた牝花の有様をじっくりと観察した。

「ああ……凄いよ、綾音さんのオマ×コ、とってもエロい」

「まあ、オマ×コだなんて……誠さまったらいやらしい」

さすがに陰部を凝視されるのは恥ずかしいのか、綾音は苦笑いしながら、いたたまれなさげに腰をくねらせる。

が、それでも股は閉じず、誠の劣情の視線を受け止め続けた。ならばと誠は、肉のスリットに顔を寄せて間近から観察しつつ、立ち昇る牝臭を胸一杯に吸い込んだ。残念なことに、甘酸っぱい香りが仄かに感じられる程度だったのは、やはり彼女が寝る前に風呂に入ったからだろう。

恥丘が透けるほどの薄い茂みが、誠の深呼吸で密やかに揺れる。「ああん……」と、綾音の悩ましげな声が聞こえてくる。

愛液は、まだ膣口の縁を軽く湿らせている程度だった。綾音はもう挿入していいと言っているが、どうせならもっと濡らしてからの方がお互いに気持ち良くなれるのではと、誠は考える。

思い切って割れ目の中心をペロッと舐めてみた。やはり味もほとんどない。熟《う》れ肉の詰まった太腿がブルルッと震え、綾音が戸惑いの声を上げた。「アッ……い、いけません、誠さまがそんなことをされては」

「今度は僕が舐めてあげたいんだ。いいでしょ？」

誠は返事を待たずに、続けて肉弁へと舌を這わせていく。従順なる家政婦は、案の定、それ以上の拒否はせず、艶めかしい吐息を漏らして腰を震わせた。

初めてのクンニに誠は胸を躍らせる。やり方などわからないので、まずは心の赴《おもむ》くままに舐める。花弁の片方を口の中に含んで、しゃぶるように舐め回すと、綾音は色っぽい媚声を上げた。

「綾音さん、気持ちいい？」

「は、はい……。あの、よろしければ、軽く噛んでいただけますか……？　あ、あうっ、そうです、あぁぁ」

誠は綾音に教わって、花弁の端を唇で挟んで引っ張ったり、皺の一本一本を舌先でくすぐるようになぞったりした。綾音の声がときおり上《うわ》ずるようになり、ついには膣口からトロリと透明な蜜が溢れ出た。

(綾音さん、感じてる。でも、まだまだ……)

誠は、小陰唇の合わせ目にある包皮に舌先を当てる。包皮の中では、女の急所である肉豆がすでに膨らみかけていた。

「ま、誠さま、そこは……あ、あぁんっ」

クンニはこれが初めてだが、クリトリスの愛撫の仕方は、昨夜、美喜に見せてもらっていた。あのとき美喜が自らの指先でいじっていたように、包皮の上から舌先で優しくこねるようにすると、綾音は、これまで誠が聞いたことがないような可愛らしい悲鳴を上げた。誠は嬉しくなって、さらに下から上へと舌先を撫でつけていく。そのうち包皮がめくれ、コリッと硬くなった肉突起が剝き出しとなった。

なかなかの大きさである。小粒だった美喜のものの倍はあろうか。誠は唇を窄めて、その勃起豆にチュッチュッと吸いついた。

「はううっ……あ、あぁ、誠さま、凄くお上手……ひっ、うぅ、あぁぁん」

綾音は深みのあるメゾソプラノの淫声を震わせる。内腿の柔肉がビクッ、ビクッと引き攣り、腰のくねりはますます悩ましげとなった。

誠は彼女の太腿を両手で抱え込むと、なおも吸引しては、クリトリスの根元から掘り返すように舌先で上下に舐め転がす。蠢《うごめ》く膣穴から溢れてくる芳醇《ほうじゅん》な液体をすすっては、その仄かな甘酸っぱさを愉しみ、そしてまたクリトリスを責め立てる。

「くううっ……ま、誠さま、それ以上は……もう充分すぎるほど濡れましたから……ひっ、ひいっ、痺れる……溶けてなくなっちゃいます……！」

やめるように言いながらも、綾音の腰はさらに激しくくねり、誠の口にグイグイと己の陰部を押しつけてきた。

それはもはや、淑やかなる家政婦の振る舞いではなかった。綾音の身体は湧き上がる肉悦によって、淫らな牝のそれになりつつあるようである。

誠も牡の獣欲を昂ぶらせ、彼女の痴態をもっともっと見たくなった。ダラダラと恥蜜を垂らす膣穴に中指を差し込み、美喜から教わったGスポットの場所を探る。それらしき微かな膨らみを見つけると、指先で引っ掻くように擦りつける。途端に綾音が悲鳴を上げた。

「アアーッ、そ、そこぉ……！　誠さま、そこまでされたら、わたくし……あうぅ、あひぃ、い、いけません、もう……あ、あっ、ウウゥッ……！」

どうやら中指は、過《あやま》たず女の泣きどころを捉えたようである。誠は爪を立てないように気をつけながら、鉤状の指を抽送した。

すると、パンパンに張り詰めた肉真珠が、射精寸前のペニスの如く脈動する。その感触が舌に伝わってくる。そして次の瞬間、

「おほぉ……す、すみません、誠さま、わたくし……ああっ、イキますっ……イ、イクううぅ……!!」

膣口がギュッと中指に食いついてきたかと思うと、たっぷりと脂の乗った太腿が誠の顔を力強く挟み込んできた。ビクビクッと打ち震える柔肉の感触が、左右の頬に伝わってくる。

(これは……本当にイッてるよな)

誠を喜ばせるために、家政婦として忖度《そんたく》したとは思えなかった。

艶めかしく波打つ膣壺から中指を抜くと、誠は身体を起こす。ぐったりと手足を投げ出した綾音の、呆《ほう》けた顔で喘いでいる有様を見下ろして、満足感を覚える。

だが、これだけで獣欲が鎮まるはずもなく、誠は天に向かってそびえ立つイチモツを一撫ですると、彼女の股座に向かって膝を進めた。

5

「綾音さん、オマ×コがもうグチョグチョだよ。エッチな汁が、後から後から溢れてくる。僕のベッドに垂れて、染み込んじゃってるよ」

「あ、あぁ、申し訳ありません……」綾音は顔を持ち上げると、誠の股間の剛直に視線を向けた。「どうか……その逞しい逸物で、はしたなくよだれを垂らすわたくしの穴に栓をしてください」

まるで主人の性欲を慰める肉奴隷《にくどれい》の如く、淫らな言葉で男の劣情をくすぐってくる。

誠は頭に血を上らせて肉の鈍器を握り、その先端を、女蜜に爛《ただ》れた膣穴へ嵌め込んだ。すぐさま腰を前に突き出す。鋼《はがね》の如きイチモツは、やすやすと彼女自身を貫く。

太マラと膣路の肉擦れはやはり強かったが、それでも美喜のときよりはずっとスムーズに挿入できた。きっと綾音の膣穴の方が弾力性に富んでいるのだろう。多量の愛液によるぬめりにも助けられ、瞬く間に女体の最深部までペニスは届く。

暖機運転を終えた膣壺は、熱く蕩けた蜜肉で誠のモノを心地良く包み込んできた。膣圧は、美喜のときほど強くはなかったが、ピストンを始めると、充分すぎる愉悦が得られた。

「ううっ、な、なんか……絡みついてくる……！」

美喜のときとはまた違う摩擦感に、誠は戸惑いながらも感動する。女性によって膣穴の嵌め心地はこんなに違うのか、と。

ペニスに神経を集中し、綾音の嵌め心地の秘密を感じ取ろうとする。緩やかな抽送で、互いの肉が擦れ合う感触をじっくりと味わうと、やがてその正体がわかってきた。

綾音の膣路は、肉襞が多いのだ。細かい凹凸がアコーディオンのように折り重なって、内部をびっしりと覆っている。その一枚一枚の肉襞が、往復するペニスに実によく絡みついてきた。亀頭に張りつき、雁首の溝にも入り込んで、甘美な摩擦快感をもたらしてくれる。

(駄目だ、駄目だ……ああ)

さらなる快感を求めて、ピストンはどんどん加速していった。

この調子で続けたら、あっという間に果ててしまう。それがわかっていてもストロークを抑えることができなかった。肉悦に囚われて、腰が勝手に動いてしまう。

「あ、あっ、誠さまの……とっても太いから、お腹の中に入っているのが、凄く実感できます……あうぅ、んん、くふうぅん」

綾音はうっとりと目を細め、黒々としたまつ毛を小刻みに震わせた。

「誠さまは……いかがですか？　気持ちいいですか？」

誠は声を出すことができなかった。下手《へた》に口を開けば、それだけで漏らしてしまいそうだった。歯を食い縛り、唇を固く引き結んだまま、コクコクと頷いてみせる。

「ふふふっ、嬉しいです」と、綾音は色っぽく微笑んだ。

「イキたくなったら、遠慮なくどうぞ。わたくしの穴に、オマ×コに……あぁん、誠さまの熱い精液を存分に注ぎ込んでください」

とうとう彼女も、淫らな四文字を自ら進んで口にする。破廉恥極まりない言葉で中出しを促す彼女に、誠はますます興奮し、獲物に食らいつく獣の如く女体に覆い被さって、両手をベッドにつくと、込み上げる衝動のままピストンを轟かせた。

肉棒が根元まで埋まり、互いの腰のぶつかり合う音がパンッパンッパンッと鳴り響く。廊下の反対側の、明日菜の部屋まで聞こえてしまうかもしれなかったが、そんなことはもう気にしていられない！

ペニスの隅から隅まで絡みついてくる肉襞——それによる摩擦快感が、電流の如く背筋を駆け抜け、誠の脳髄を甘く痺れさせていった。

麗《うるわ》しい相貌を火照《ほて》らせて、困ったような嬉しいような、なんとも艶めかしい牝の表情で喘ぐ綾音。その胸元は、ピストンの衝撃でタプタプと揺れている。

誠の額から滴り落ちた汗が、リズミカルに波打つ乳肉を滑り落ち、谷間に流れ込んで彼女の汗と混ざり合った。女体はじっとりと濡れていて、柔肌から立ち昇る甘い香りがより濃厚な牝フェロモンを含み、若牡を盛《さか》らせる。

（くうぅ……オッパイ、オッパイ）

乳房はただ上下のみに揺れているわけではなく、頂点の突起は楕円《だえん》軌道で褐色の残像を描いていた。誠はそれを食い入るように見つめ続ける。催眠術にでもかかったみたいに目が離せなくなっていた。どれほど露出度の高いセクシーな水着でも、乳首だけは絶対に隠している。それだけ乳首には男を虜にし、ときに狂わせる魔力があるのだ。

忘我の境地で腰を振り続けていると、気づかぬうちに下半身の昂ぶりが限界を超えていた。射精の発作で全身が引き攣り、誠はハッと我に返る。

「おううっ!?　あ、ああっ……ウウーッ!!」

まったく身構えていなかったところに突如襲ってくる吐精の激悦。それは夢精によって目覚めたときに少し似ていた。誠は困惑しながらも、その感覚にうっとりと身を委ねていく。

「んんっ……出ている、出ています、凄くいっぱい……ああ、熱いものがお腹の奥に溜まって、子宮がゾクゾクします……あぁ……！」

淫らな家政婦は、多量のザーメンを膣壺に注がれて、全身を震わせた。入り口から奥に向かって膣路が艶めかしくうねれば、無数の肉襞はまるで小さな舌の集合体のようになって、ペニスの根元から先端までをぞわぞわっと舐め上げていく。

誠は駄目押しの肉悦に奥歯を嚙み、本日二発目の精液を絞り尽くした。

あるいは綾音は、今ので軽く昇り詰めたのかもしれない。だが、本気のオルガスムスはまだだろう。ならばと誠は、射精直後の愚息に気合を入れ直した。

「続けていきますよ……！」

「えっ……!? お、お待ちください、誠さま、もう二回も出されたのですから、少しは休まれた方が……あ、あううっ」

挿入してじっとしているだけでも気持ちいい、名器と呼んで差し支えない嵌め心地のおかげで、肉棒は未だピストン可能な硬さを保ち続けていた。

誠はすぐさま抽送を再開しようとする。だが、綾音にそれを止められた。

「それでは、今度はわたくしが動きます」と、綾音に騎乗位を促される。仰向けになった誠に綾音がまたがり、彼女は膝をついて腰を下ろした。綾音の手がペニスを握り起こし、蜜壺の口へ過たずあてがう。ズブリ、ズブズブと、亀頭が、幹が呑み込まれていく。

綾音は前傾《ぜんけい》姿勢となって、誠の腋の下の辺りに両手をつき、身体を前後に揺するように逆ピストン運動を始めた。誠は彼女に、自分が一番気持ち良くなれるように動いてと命じる。

「僕、綾音さんにもイッてほしいんだ。だから――」

「……わかりました。では、そうさせていただきます」

従順なる家政婦は、誠の腰にぺったりと着座し、肉杭を根元まで咥え込んだ。膣路が数センチ伸びるほどに亀頭をめり込ませてから、腰をくねらせる。膣底の肉をグリグリと抉る感触が、ペニスにも伝わってくる。

「おっ……おおぉ、奥うぅ」綾音は唇を尖らせ、はしたない牝声を漏らした。

「子宮がひしゃげてしまいそうです……あぁぁ、こんなに深く入ってくるオチ×チンは初めて……奥がジンジンと痺れて……ひっ、くううぅ」

十五センチ級の剛直で自らを串刺しにし、綾音はうっとりと呟く。

苦しくないのかと、誠は尋ねた。綾音は、いいえと首を振った。「わたくしは、膣の奥が一番感じる質《たち》ですので、凄く気持ちぃいです……うふぅぅん」

膣路の奥の行き止まり、子宮口がある辺りに、ポルチオという性感帯があるのだとか。綾音は、クリトリスやGスポットももちろん感じるが、ポルチオへの刺激が最も深い快感を得られるのだという。

とはいえ、こうやって腰をくねらせているだけで昇り詰められるわけではないらしい。「誠さまも、これだけでは気持ち良くないですよね？」と言って、綾音は逆ピストンを再開する。先ほどよりも力強く腰を揺すって、ズンッズンッズンッと子宮口を穿《うが》っていった。

「あぐ、あうっ、い、いひぃぃ……誠さまのオチ×チンが気持ち良すぎて、ご奉仕しなければいけないことを、わ、忘れちゃいそうですぅ……うっ、ううーっ」

綾音の理性が、高まる官能に蝕《むしば》まれている。それが彼女の言葉遣いからもうかがい知れた。誠は、振り子の如く揺れている巨乳へ両手を伸ばし、その先端の突起を二本の指でタイミング良くつまむ。

「いいよ、今は家政婦であることは忘れて、思いっ切り気持ち良くなって。もっともっと――ほら」

充血した褐色の肉突起を、こねて、ねじって、引っ張る。綾音は「あ、あうぅ！」と叫んで仰《の》け反《ぞ》りつつも、腰のストロークをより速く、より小刻みにし、張り詰めた亀頭でポルチオ肉を滅多打ちにした。

「は、はいっ、わたくし、とっても気持ちいいですっ……お、おほっ……おおぉ、イッちゃいそう……凄いのが、来てます、く、来るぅ……！」

高速の逆ピストンによって誠の肉棒も、泡立つ白蜜を滴らせた膣穴にしゃぶり倒される。ペニスが呑み込まれる、吐き出される——ストロークの向きが変わる瞬間、膣肉を埋め尽くす肉襞が一斉にめくり返って、雁エラや裏筋といった牡の急所を、最も強烈に擦り立ててくる。

(僕も……イッちゃいそうだっ)

誠は力の限りに肛門を締め上げると、膝を立て、自らも腰を突き上げた。摩擦快感はさらに増し、射精感が膨れ上がる。しかし、抽送は止めなかった。ここまで来たら、絶対に綾音さんをイカせたい！　その思いを込めて、最後のピストンに臨んだ。

「あぐっ、ウウウッ……で、出っ……るううッ!!」

前立腺の悲鳴のような下腹の疼《うず》き。若勃起は容赦ない肉擦れの悦《えつ》に耐えきれず、精を吐き出してしまう。快感が電流の如く背筋を貫き、誠は息を詰まらせる。

すべてを出し尽くして——それでも腰を突き上げ続けた。死者に鞭打《むちう》つような、射精直後の敏感なペニスを襲う摩擦感に悶絶しかけながらも、女体の深奥にある泣きどころを懸命に抉り続けた。

「くうぅ、す、凄いっ……ああ、誠さま、素敵です……！　わたくし、こんな、こんな……んほおぉ、こんな心のこもったセックスは初めて……うぅ、んんん、イク、イクぅ……！」

随喜の涙を瞳にたたえ、唇の端からはしたなくよだれを垂らす綾音。

しかし、なおも彼女は美しかった。まるで人生で一番の幸せに包まれているような、満たされた女の顔だった。

（あと少しだ……諦めるな……チ×ポが萎えきるまでは！）

虚仮《こけ》の一念、岩をも通す——という言葉がある。誠は昨日童貞を卒業したばかりの未熟者だが、綾音を満足させたいという気持ちだけは本物だった。

その思いが通じたのか、綾音がついに断末魔の媚声を上げる。

「ああーっ！　イキます、わたくし、子宮で、イッ、イクイクッ……イグぅぅ‼」

ほぼ白目を剝き、ベッドについた両手でシーツを掻きむしりながら、彼女は全身を戦慄《わなな》かせた。肉壺の内部も狂おしげに波打ち、その蠕動《ぜんどう》で、男のモノを奥へ奥へと引きずり込もうとする。誠は奥歯を噛み、その感覚に耐え忍んだ。

やがて綾音は、力尽きたように倒れてきた。

汗だくの身体同士が重なり合い、互いの熱を、ドクンドクンと高鳴り続けている胸の鼓動を伝え合う。綾音の豊かな双乳が、誠の胸板との間でヌルリと滑り、押し潰された。

綾音は、誠の頭をギュッと抱きかかえてくる。誠も彼女の柔らかな背中へ、そっと腕を回す。まるで恋人同士の後戯のようで、淫気に満たされていた誠の心も穏やかになっていった。

やがて柔らかくなった肉茎が、彼女の中からズルリと滑り落ちる。

すると綾音はゆっくりと身を起こした。アクメの名残で仄かに色づいている美貌――だがそこに浮かぶ微笑みは、いつもの彼女のそれ。家政婦の綾音の微笑みだった。

誠の上から退くと、綾音は誠の足元に腰を下ろし、きちんと正座をする。

そして、こう言った。

「伊織さまへのサプライズに協力していただけますね？」

第三章　欲情のママごっこ

1

誠は、姉の泣き顔を脳裏に蘇《よみがえ》らせた。嫌な気分だ。美喜が死んだと信じ込んだ彼女の悲しみようは、思い出すだけで胸が痛くなる。

いくらサプライズとはいえ、こんなことを続けるのは賛成できなかった。

しかし綾音は、「ここでやめると、中途半端です」と言う。

「嘘で良かった、サプライズで良かったと伊織さまに思っていただくためには、徹底的にやりきることが大事なのです。どうかご理解ください」

それも一理あると、誠は思った。だが、〝人が一人死んだ〟というのが果たして中途半端だろうか？　もう充分なのでは？　という気もしないでもない。

綾音の話によれば、彼女たちは今回のサプライズ計画のために、たくさんの時間とそれなりのお金をかけて準備してきたそうだ。おそらく、それらを無駄にしたくないという思いもあるのだろう。たとえば、一生懸命頑張って準備してきた文化祭が台風で中止になってしまったら、学生たちはさぞがっかりするに違いない。それと似たような気持ちなのではないだろうか。

誠は一晩悩んだが、結局、このサプライズ計画を手伝うことに承知した。なにしろ誠はもう、綾音の淫らなご奉仕を受けてしまったのだから。今さら彼女のお願いを断るのは気が引けたのだ。

綾音たちの仲間となったことで、様々な事情や今後の計画などが説明された。

死体役として離れの塔の地下室に運ばれていった美喜は、現在、あの塔に三つある客室のうちの一つで、悠々と過ごしているそうだ。塔の客室の窓は、この本館にそっぽを向くように、東の海岸に向かってつけられているので、つまりこちらから向こうの客室の様子はうかがえないのである。

とはいえ、もしも伊織がなにかの理由で離れの塔へ行こうとしたら大変だ。種明かしをする前に、〝被害者〟が生きていることがバレてしまったら、サプライズが台無しである。だからそうならないようにと、誠は、伊織が離れの塔に近づかないようにする役目をお願いされた。

それに加えて、第二の〝殺人〟も手伝ってほしいと言われる。

次の〝被害者〟は明日菜だそうだ。決行は、今夜だった。

2

夕食後、誠は伊織と、リビングでテレビを観ていた。この孤島には地デジの電波は届いていないようだが、衛星放送は観られた。二十年ほど前の映画をやっていた。

明日菜は、リビングと繋がっているサンルームの椅子に腰掛け、一人で夜の海の景色を眺めている。その映画には興味がないのか、あるいは今夜の〝事件〟の重要人物として、役に集中しようとしているのかもしれない。

ただ、テレビの前のソファーに陣取って、じっと映画に見入っている伊織も、その表情はちっとも楽しそうではなかった。美喜が死んだと思っている伊織は、とても映画を楽しむような気分ではないのだろう。それでも、食い入るようにテレビ画面を見続けている。

もし今、テレビを消したら、陰鬱《いんうつ》な沈黙が重くのしかかってくる。きっとそれがわかっているから、伊織は楽しめない映画を観続けているのだ。

誠も、伊織の隣に腰掛け、無言でテレビ画面を眺めていた。美喜が死んでいないことを知っている身としては、とても気まずい。誠にとっては、その映画は結構面白かったが、伊織に楽しんでいる様子は見せられないので、つまらなそうな演技を続けなければならなかった。

（そろそろだよな。早く始まってくれ……）

リビングの片隅に鎮座する柱時計をチラリと見る。もうすぐ九時半だった。

と、夕食の後片づけを終えた綾音が、コーヒーポットと人数分のカップをトレイに載せて、リビングにやってくる。

それを合図《あいず》に、明日菜が動きだした。彼女は溜め息をついて椅子から立ち、コーヒーはいらないと綾音に言った。「私、自分の部屋に戻りますね。気分が良くないから、今夜はもう寝てしまおうと思います」

「そうですか……」

綾音の態度は、本当に心配しているようだった。大した演技力だと誠は感心した。

「お風呂はどうなさいますか？」と、綾音が尋ねる。

「やめておきます」と、明日菜は言った。「明日の朝、シャワーを浴びることにしますから」

ここで明日菜が自室に戻る——それが第二の〝殺人〟の段取りの一つだった。

現時点での伊織は、この島に〝殺人者〟がいるなど夢にも思っていないだろう。美喜の死は病気によるものか、あるいは毒性の生き物の仕業だと考えているはずだ。

だから、明日菜が一人になることにも反対はしない。「しっかり戸締りしてから寝てくださいね。おやすみなさい……」とだけ言って、伊織は明日菜を見送った。

（さてと……いよいよ僕の番か）

明日菜がいなくなった後、カップにコーヒーを注いでいる綾音へ、誠はそっと目顔を送った。綾音は、伊織に気づかれないように小さく頷いてくる。

誠はソファーから立ち上がった。すると伊織は、心配そうというよりも、どこか心細げに誠を見上げてきた。

「なによ……あなたまで自分の部屋に戻っちゃうの？」

まるで飼い主が出かけようとしているのを寂しげに見ている犬のよう。そんな姉を見るのは初めてだった。おそらく、相当に心が参っているのだろう。

チクリと罪悪感を覚えた誠は、少しでも彼女を和《なご》ませるように、満面の笑みを浮かべてみせた。少々わざとらしいくらいに。

「トイレだよ」

「すぐに戻ってきなさいよ」

「大きい方だから、すぐには無理だよ」

「……バカ、漏らしちゃえ」

伊織も、ちょっとだけ笑った。誠は、彼女を騙している罪悪感を少しだけ軽くして、リビングを出た。向かう先はトイレではない。明日菜の部屋だ。

忍び足で廊下を歩き、ドアをノックする。迎えてくれた明日菜は、すでにパジャマに着替えていた。

飾り気の少ない、白の上下。ただ、パジャマにしてはあまりゆったりしていないようだった。具体的には、その胸元が――窮屈《きゅうくつ》そうに張り詰めていた。丸みを帯びた輪郭が浮き上がっている。しかも胸元の中心辺りに三センチほどの切れ目が入っていて、その穴から、乳肌と思《おぼ》しきものがチラリと覗いていた。

誠はすぐに視線を逸らしたが、明日菜は気づいたようだった。片手を頬に当てると、ちょっぴり恥ずかしそうに微笑んだ。

「あの……これね、昔のパジャマなの。妊娠したら、その、いろいろ膨らんじゃったから、今はもう着てなかったんだけど……」

今から明日菜は〝刺殺された死体〟を演じる。その衣装にするため、タンスの肥やしとなっていたお古を持ってきたのだそうだ。パジャマの胸元の穴は〝ナイフに刺された跡〟で、事前に彼女がハサミで切っておいたのだという。

「後《あと》は最後の仕上げだけだから、誠くん、お願いね」

「は、はい、わかりました」

大きい方をするとは言ってきたものの、あまり戻るのが遅くなると、伊織が心配して、トイレに様子を見に行ってしまうかもしれない。ぐずぐずしている時間はなかった。

「はい、これ」と、明日菜が五百ミリリットルのペットボトルを渡してくる。中には赤黒い液体がたっぷりと入っていた。料理用の豚の血だそうで、このサプライズのために綾音が購入したという。

そして明日菜は、ベッドで仰向けになった。その手には、刀身が途中で折れたナイフが握られている。ナイフといっても刃のついていない、亜鉛合金製の模造ナイフだそうだ。

明日菜は折れた模造ナイフを、胸元の穴から差し込む。彼女が手を離すと、まるでナイフが胸に突き刺さっているような状態で固定された。どうやら胸の谷間で、折れた刀身を挟みつけているらしい。

（……よっぽど谷間が深いんだろうな。あれだけの爆乳だもんな）

まさに明日菜ならではのトリックである。たっぷりの乳肉に挟まれたナイフを想像すると、誠は、ムクムクと劣情が込み上げてくるのを禁じ得なかった。胸を高鳴らせながら、ベッドの彼女に近づいていく。

誠の仕事は〝ナイフが突き刺さった胸元〟に豚の血を垂らし、〝刺殺体〟をリアルに演出すること。そしてその後、部屋を出て、豚の血のペットボトルをキッチンの冷蔵庫に戻しておくことである。

誠はふと思ったことを言ってみた。「今回は、明確な〝殺人〟にするんですね」

美喜のときは目立った〝外傷〟がなかったので、病死か、有毒な生き物の仕業ということになった。しかし、今回は凶器が残されている。誰が見ても人間の仕業だと思うだろう。

ベッドで〝被害者〟の体勢となっている明日菜は、首だけ動かして誠の方を向いた。

「最初は病気か毒虫のせいだと思っていたのに、その後、連続殺人だとわかる――その方がドラマチックで、サプライズも盛り上がるでしょう？」

「はあ……なるほど。でも、今回は〝密室殺人〟にしないんですか？」

「ええ。だって密室にしちゃうと、どうしてもドアか窓を壊さなきゃならなくなるじゃない。そういうものの弁償は、綾音さんが全部責任取るって言っていたけど、壊さないですむならその方がいいでしょう？」

では、どうして美喜のときは密室にしたのかというと、

「美喜ちゃん、ちびっ子名探偵が出てくる、コ……なんとかって漫画が大好きらしいのよ。だから、自分が死ぬときは絶対に密室殺人にしたいって駄々をこねたの。それで――」

無駄な経費が増えることになるだろうが、美喜に気持ち良く協力してもらうため、綾音はそれを受け入れたのだそうだ。

そんな話を聞いたら、誠も気を使わなければならないと思う。

明日菜の胸元に垂らす血も、量は少なめにして、なるべくシーツを汚さないようにした方がいいだろう。そもそも人の身体を刺しても、その凶器を引き抜かなければ血がドバドバ出ることはないそうだ。誠はペットボトルの蓋を外す。錆《さ》びた鉄を思わせる臭い、その生臭さに軽い吐き気を覚えつつ、ペットボトルの口を彼女の胸元に近づける。慎重に、ドロリとした液体を一滴ずつ垂らしていく。突き立つ模造ナイフの周囲に、赤黒い染みが少しずつ広がっていった。

「誠くん、もういいんじゃないかしら……？」

「あっ……そ、そうですね」

女の胸を血で汚していく行為に奇妙な高揚感を覚えつつあった誠は、ハッとして、慌ててペットボトルを縦にし、蓋を閉じた。

「えっと……それじゃあ僕、戻りますので、後は段取りどおりに」

「ええ」

身動きできない明日菜にベッドから見送られて、誠は部屋を出た。

「おっと、いけない。忘れるところだった」

キッチンへ行く前に、明日菜の部屋の向かいにある美喜の部屋へ入り、窓の鍵を開ける。そして、いかにも犯人がここから逃げていったように、ガラスの割れた窓を大きく開けておいた。その後、キッチンの冷蔵庫にペットボトルを戻し、念のためにトイレでしっかりと手を洗ってから、何食わぬ顔でリビングに戻る。

ソファーに座る伊織が、不機嫌そうな顔で睨んできた。「……ほんとに遅かったわね。なにしてたの？」

「な……なにって、だからその、大きい方だよ」

危うく言葉を噛みそうになるが、誠はそれを必死にこらえる。

伊織も別に誠のことを怪しんでいるわけではなさそうで、「ふーん」と言って、テレビ画面の方を向きつつ、片手でポンポンとソファーの座面を叩いた。早く私の隣に座りなさいとばかりに。

誠が姉の隣に腰を下ろすと、綾音が声をかけてくる。「誠さま、コーヒーが冷めてしまいましたので、淹れ直しましょうか？」

「う、うん、お願い」

かしこまりましたと、綾音はトレイを持ってリビングを出ていった。

この後、綾音はキッチンから内線電話で、明日菜の部屋にワンコールする。それを合図に、明日菜が〝被害者〟として断末魔の悲鳴を上げる。そういう予定だった。

（来るぞ、来るぞ……）

キャアアアアアーッ！

わかっていたものの、明日菜の悲痛な絶叫が聞こえると、誠は思わずビクッとしてしまった。当然、伊織は誠以上に驚き、飲みかけていたコーヒーをしたたかにこぼしてしまう。

「な、なにっ……!?」

「明日菜さんの悲鳴だよ！」

綾音に指示されていたとおりの台詞《セリフ》を叫ぶと、誠は立ち上がってリビングを飛び出した。すぐさま伊織も誠に続く。玄関ホールで、キッチンから出てきた綾音と鉢合わせた。三人で明日菜の部屋に向かった。

ドアを開ける。伊織が悲鳴と共に誠にしがみつく。「イヤアァァ！」

ベッドの上で見事な〝刺殺体〟を演じる明日菜。伊織の顔は青ざめ、膝はガクガクと震え、誠が支えてやらなければ今にも倒れてしまいそうだった。

部屋には入らず、綾音がすぐにドアを閉める。伊織はすっかり騙されてくれたが、種を知っている誠が見ると、豊かすぎる胸の膨らみが、そこに突き立った模造ナイフの柄が——彼女の呼吸のせいだろう——微かに揺れているのがわかった。どうやら明日菜は、息を止めるのを忘れたようだ。

誠にしがみついていた伊織は、やがて廊下に崩れ落ちてしまう。誠もしゃがんで、うつむく姉に呼びかけた。「だ、大丈夫、姉さん？　しっかりして」

「……大丈夫なわけないでしょう」

顔を上げた伊織の目には、怒りとすら思えるようなものが滲んでいた。

「明日菜さんが刺されていたのよ？　見たでしょう——ナイフ！　誰かが、明日菜さんを殺したのよ！」

誠を睨みつける瞳が、どうしてそんなこともわからないの？　と責めてくる。

「病気でもない、毒虫でもない。美喜のときも——ああ、そうよ、そうだったんだわ。二人とも誰かに殺されたのよ。誰か——私たち以外に、この島に潜んでいるってことじゃない！」

いったいどうなっているの!?　と、伊織は拳を床に叩きつけた。二度、三度と。いつしか伊織は泣きだしていた。大粒の涙を膝にこぼし、一転して蚊の鳴くような声となって、嗚咽交じりにぶつぶつと呟く。どうしてこんなことに……信じられない……ああ、明日菜さん……美喜……。

「……伊織さまのおっしゃるとおりです」と、綾音が静かに同意した。

しばらくして伊織がなんとか落ち着くと、綾音の提案で、館の中を点検して回ることになった。身を守るのに使えそうなものは、キッチンにある包丁やフライパン、例の肉叩き用ハンマーくらいしかなく、それらを持って各部屋を調べていった。

伊織はずっと誠の手を握っていた。微かに震えるその手は、氷水に漬けたみたいにとても冷たかった。彼女の怯えようを察して、誠はまた胸が痛くなる。しかし、今は姉の手を強く握り返してあげることしかできなかった。

最初にこの館を建てたアメリカの金持ちは、よほど防犯かプライバシーに神経質だったらしく、リビングやキッチン、脱衣所に至るまで、あらゆる部屋の扉に鍵がかけられるようになっている。三人で一部屋ずつ端から調べていき、調べ終わった部屋は鍵をかけておいた。〝侵入者がこちらの目を盗み、調べ終わった部屋へ潜り込んでしまう〟ことを防ぐためである。

もちろん、この三人の中でそんなことを危惧《きぐ》しているのは伊織だけだった。が、侵入者などいないことを知っている誠も、自分の部屋を調べ終わった後は、ズボンのポケットから自室の鍵を出して、伊織と綾音の見ているなか、しっかりと施錠した。

美喜の部屋の窓が開いているのを見つけると、伊織はこちらの思惑どおり、「ここから犯人が侵入して、また出ていったんだわ……」と言った。

この貸別荘の備品に、窓の割れた部分を塞《ふさ》げるような板切れや釘などはない。しかし、この窓をこのまま放置しては、美喜と明日菜を殺した犯人は、またいつでもこの館に侵入できてしまう――と、伊織は怯えた。

すると綾音がいい知恵を出す。客室のドアレバーの床からの高さを測って、それと同じくらいの大きさのものを探した。リビングにあるソファーの背《せ》もたれの高さが、ちょうど同じくらいだった。三人で力を合わせてソファーを運び、美喜の部屋のドアの前に置く。

「こうすれば侵入者は、美喜さまの部屋の中には入れても、この廊下までは出てこられません」

内側のドアレバーを下げようとすれば、外側のドアレバーも当然同じように動く。だが、外側のドアレバーはソファーの背もたれにぶつかってしまい、ほんの数ミリしか下がらない。ドアレバーが下げられなければドアは開かない——という寸法だ。

なるほどと、誠は感心した。今思いついたのか、それとも前から知っていたのか。あるいは、密室を作って窓を壊すと決めてから、すでにこの状況を予測していて、事前に考えていたのかもしれない。

館のすべての部屋をチェックし、犯人らしき人物がどこにも潜んでいないとわかると、伊織は倒れるように誠に寄りかかってきた。

「ごめんなさい……私もう……」

緊張の糸が少しだけ緩んだのかもしれない。一人では歩けなくなってしまった伊織を支えて、誠は彼女の部屋まで連れていった。

伊織をベッドの縁に座らせると、後のことは綾音に任せた。「今夜はもうお休みになった方がいいでしょう。お風呂はよろしいですね？」と尋ねる綾音に、伊織は「そうするわ……」と力なく答えた。

誠は廊下に出て、溜め息をこぼす。今の姉はまるで病人だった。

大好きな友達が二人とも死んでしまった、ただ死んだのではなく、殺された——となれば、ショックを受けて当然だろう。しかも伊織は、犯人がまだこの島にいるだろうと思っているのだから。

(でも、大丈夫。これでもう最後だよ、姉さん)

綾音の立てたサプライズ計画では、これ以上、人は死なない。後は種明かしをして、安心させてあげるだけだ。計画では明後日に真相を明かすことになっているが、伊織の悲しみと恐怖を考えると、明日にでもすべてを話してしまっていいのではないだろうかと、誠は思う。

美喜と明日菜が生きていた、サプライズだったとわかった伊織は、きっと喜んでくれるだろう。「あんた、知ってたのに、よくも黙っていたわねっ」と、誠はちょっとばかり折檻《せっかん》されるかもしれないが。

(まあ、綾音さんたちは最後まで計画どおりにやりたそうだから、明日はまだ無理かな……)

とりあえず誠も、彼女たちの計画どおりに行動することにした。部屋から出ようとしたとき、綾音は誠にこう耳打ちしたのだった。

「わたくし、伊織さまが眠るまで、おそばにいることにいたします。誠さまには、明日菜さまのことをお願いいたしますね」

　誠はバスルームに向かい、まずは風呂を沸かし始めた。

〝刺殺体〟を演じた明日菜は、胸元が豚の血で汚れている。だから、伊織が寝た後にこっそりとバスルームで洗い流してもらうことになっていた。

　続いて、内線を使って、離れの塔にいる美喜に電話をした。離れの塔には風呂もシャワーもないので、明日菜が身体を洗うこのタイミングで、美喜にも風呂に入ってもらうことになっていた。

　館の玄関ポーチで待っていると、笑顔の美喜が小走りでやってきた。昨夜は搾ったタオルで身体を拭くくらいしかできず、今夜の風呂が楽しみだったそうだ。

「あっちってエアコンがないじゃない？　暑いから、部屋の窓を開けっぱなしにしてるんだけど、そうすると潮風で髪も身体もベタベタになっちゃうのよね。あー、早くシャンプーしたいよぉ」

　そして明日菜を迎えに行き、三人でバスルームへ移動する。美喜も明日菜も、おしゃれなトートバッグを手から提げていた。きっと着替えが入っているのだろう。

　風呂はまだぬるま湯だったが、身体を洗っているうちに沸くだろうということになった。美喜は潮風によるべたつきを、明日菜は豚の血を、一刻も早く洗い流したいそうだ。

「じゃあ僕は、洗面所で見張っていますね」

一階の洗面所の奥に脱衣所があり、そのさらに奥がバスルームとなっている。伊織のあの様子ではまずないと思うが、万が一、彼女が二階の自室から下りてきたときのために、見張りをしていた方がいいだろうと思ったのだ。

するとと美喜がとんでもないことを言いだした。

「ねえ、誠くんも一緒に入ろうよぉ」

「えっ？」

「だって、もし伊織先輩がやってきたとして、誠くんが洗面所にいるのに、誰かがお風呂に入ってたら、気配とかで絶対にバレちゃうでしょ」

「い、いや、そうかもしれませんけど……」

「誠くんが一緒に入っていれば、伊織先輩もお風呂場の中までは入ってこないだろうし、上手く誤魔化せるんじゃないかな。明日菜さんもそう思いません？」

「そうねぇ、言ってることは正しいと思うけど……ううーん」

明日菜は頬に片手を当て、小首を傾げた。

が、そんなに困っているようには見えなかった。明日菜は結局、美喜の提案に賛同する。「恥ずかしいけど……でも、伊織ちゃんにバレないようにするためだから、しょうがないわよねぇ」

「え、え……？」

すでにセックスまでした美喜はともかく、明日菜が承知するとは思わなかった。

戸惑う誠の腕を、右は美喜に、左は明日菜につかまれ、さあさあと強引に脱衣所へ引っ張り込まれてしまうのだった。

3

腰にタオルを巻いてから、最後の一枚のボクサーパンツを脱ぎ、誠は逃げるようにバスルームへ飛び込んだ。三人でも余裕を持って入れそうな洗い場と湯船——この館の中でここだけは雰囲気がやや現代的だ。ここに来た初日に、管理人が館の中を案内しながら説明してくれたところによると、この別荘が建てられた当初、ここにはシャワーすらなく、この場所には内井戸が設置されていたという。その後、別荘が様々な人の手に渡っていくうちに生活インフラも整えられ、それならバスルームも造ろうということになったのだとか。

そのときの別荘の持ち主は、建物の雰囲気に合わせて船形の猫足バスタブなんかにするより、家族でも入れるような大きな浴槽が欲しかったのだろう。御影石《みかげいし》で出来た床や浴槽は、ヨーロッパ風のデザインではあったが、ゴシックスタイルよりもだいぶモダンである。

誠はドキドキしながら、洗い場の隅に移動した。今まさに服を脱いでいるであろう女たちの声が、脱衣所から漏れてくる、それを聞いているだけで股間がムズムズしてきそうだった。あら、美喜ちゃん、ちょっと日焼けした？　明日菜さん、豚の血が、オッパイの下の隙間まで入り込んでますよ。

(明日菜さん、どういうつもりなんだろう。僕のこと、子供だと思っているのかな)

親戚の男の子と一緒に風呂に入る——くらいの感覚なのだろうか。だとすると、ペニスを膨らませたみっともない姿を見せるわけにはいかない。とっとと身体を洗って、湯船に浸《つ》かろうと思った。そうすれば、かろうじて股間の有様は隠せる。

が、そのためには腰のタオルを外さなければならなかった。もう一枚持って入るべきだったと後悔していると、磨りガラスの戸が開き、美喜と明日菜が入ってきた。

「あっ……！」と、誠は思わず声を上げてしまう。

二人は、水着姿だったのだ。てっきり全裸になって入ってくると思っていたので、誠はすっかり虚《きょ》を衝《つ》かれた。

顔いっぱいに悪戯な笑みを浮かべる美喜。「〝あっ〟て、なーに？　うふふ、誠くん、もしかしてがっかりした？」

美喜の水着は、超がつくほどのマイクロビキニ。乳房の頂点を隠す三角形は、一辺が三センチほどしかなさそうだった。ちょっとでもずれたら——いや、すでに薄桃色の乳輪が微かにはみ出している。ボトムの布面積も極小で、割れ目は一応隠されているものの、恥丘を覆うブロンドの茂みはあからさまとなっていた。後ろはTバックになっていて、形良く盛り上がった双臀《そうでん》が完全に丸出しである。

こんな破廉恥な水着姿で、普通の海水浴場の砂浜を歩いたら、間違いなく露出狂の類いだと思われるだろう。明日菜が、むしろ感心した様子で溜め息をついた。

「それ、今回の旅行中に着るつもりで持ってきたんでしょう？　美喜ちゃん、ナイスバディだから似合ってるけど、それにしても凄い勇気ねぇ」

「普通の海岸でだったら、あたしだってこんなの着ませんよぉ。無人島の別荘に行くっていうから、思い切って買っちゃったんです」

一方の明日菜の水着も、美喜のマイクロビキニほどではないが、露出度は高めである。三角形のビキニブラからは、横乳も下乳も存分にはみ出ていた。あるいは、ごく一般的なサイズのビキニなのかもしれないが、彼女の爆乳の前では、まったくの力不足だった。

メロンにも匹敵するほどの乳房は、その重量のせいだろう、お椀型が少しばかり潰れていて、膨らみの頂上はわずかに下を向いている。

だが、そこに女体の自然な艶めかしさが感じられた。おっとりとした性格の、母性味溢れる彼女にふさわしい柔乳。見ているだけで癒されそうな、男心をキュンとさせる魅惑の双丘である。そしてその谷間を中心にして、赤黒い液体がべっとりと張りついていた。

ただ、これだけインパクトのある乳房を持ちながら、女体のそれ以外の部分は、意外とすっきりしている。尻や太腿の肉づきはほどよい感じで、子持ちの人妻とは思えぬ張りつやがあった。ウエストもなかなかにくびれている。

熟し始めているが、まだ完熟ではない。濃厚な牝フェロモンをムンムンと漂わせる綾音の女体にはまだ及ばない。しかし、だからこそ、その爆乳の存在感が際立《きわだ》った。まるで彼女の母性や、女としての成熟が、その二つの膨らみにすべて詰まっているかのようだった。

（二人とも、なんてエロい……）

正直なところ、彼女たちが裸でなかったことに、誠はちょっとだけがっかりした。

しかし、たとえ水着を着ていても——むしろ煽情的な水着に飾られたことで、全裸にも劣らぬほどに、女体は男の目を誘惑してくる。誠の股間のモノは案の定、タオルの中でムクリと気色ばんでいった。

誠は慌てて二人に背を向ける。バスチェアに座り、ざっと身体を洗うと、絞ったタオルを再び腰に巻き、早々に湯船に浸かろうとした。後はバスルームの壁とにらめっこしながら、彼女たちの入浴が終わるのを待つしかない。

が、そのとき、不意に腕をつかまれる。

引き止めてきたのは美喜だった。「誠くん、湯船にタオルを浸けちゃ駄目だってば。お風呂の常識だよ」

「あ……す、すみません、外してから入ります、はい」

「うむ、よろしい。でも、それだけじゃないよ。誠くん、まだ洗ってないところがあるでしょ？」

美喜は誠の後ろに立つと、前に手を回し、タオルの上から股間を握ってきた。

「あ、あうっ⁉」

「オ、チ、×、ポ——洗ってないよね？」

誠の耳元に唇を寄せ、美喜が囁いてきた。「お湯に浸かる前はしっかりと身体を洗うのがマナーだけど、そうじゃなくても——ここは男の子の大事なところなんだから、ちゃんと毎日綺麗にしないと駄目だよ？」

美喜の手が、五本の指が妖しく蠢き、タオル越しに誠のモノを揉み込んでくる。

「ちょっ……わ、わかりました、ちゃんと洗いますから、触らないで……あううっ」

美喜は肉茎をニギニギしながら、誠の背中に巨乳を押しつけてきた。心地良い感触が前から後ろから。たちまち誠の理性は蕩けていき、鎌首をもたげたイチモツがタオルをめくり上げようとする。

「あはっ、誠くんったら、ほんとに敏感だね。ちょっとモミモミしただけで、すぐに勃起しちゃうんだから」

「ね、ねえ、美喜ちゃん、さすがにちょっとやりすぎなんじゃないかしら……」

明日菜としては、水着姿で誠を少しばかりドキドキさせてみたかっただけなのかもしれない。まるで年若い男を襲う痴女の如く、誠の股間を弄ぶ美喜に対し、戸惑いの声で止めようとする。が、

「ほらぁ、明日菜さんも見てください。誠くんのオチ×ポって、すっごく大きいんで

すよぉ」

「そんな……オ……オチ×ポだなんて……」

卑猥な四文字を口にして恥ずかしそうにする明日菜だったが、しかし、やはり若い男の股間には興味があったのだろう。遠慮がちに近づいてきて、横からチラッと覗き込んだ。

淫らな手の悪戯で、完全勃起状態となってしまったペニスは、今や腰のタオルを完全にめくり上げ、先っちょが下腹にくっつきそうなほど反り返っていた。二人の美女の視線に昂ぶったのか、極太の幹はいつにも増して張り詰め、ビクンビクンと力強く脈打つ。

「ま……まあぁ……！」

明日菜は両目を剝き、もはや悲鳴にも似た感嘆の声を上げた。

誠は、恥ずかしいような誇らしいような、なんともいえぬ感情に全身を熱くする。

そそり立つ太マラを、今やまじまじと見つめる年増女は、ついには床に膝をつき、身を乗り出すようにして間近から観察してきた。そんな彼女に、美喜は言う。「明日菜さん、一緒に誠くんのオチ×ポを洗ってあげましょうよ」

そう言って美喜は、はち切れんばかりに充血した亀頭を軽く一撫でする。そのなめらかな感触だけで、誠はウウッと呻き、早くも先走り汁をちびった。

明日菜は頬を赤らめ、微かな笑みを浮かべ、いつしかその瞳には情火の灯《ひ》が宿っていた。発情した牝の表情で、彼女は困ったように答える。

「え、でも……私、人妻なのよ？」

女心を知るにはまだまだ未熟な誠だが、それでもなんとなくわかった。明日菜は背中を押されたがっている。彼女の身体の中では、淫気がどんどん高まっている。

するに、美喜はさらにこう言った。「こんな立派なオチ×ポを持ってる子、滅多にいませんよ。このチャンスを逃したら、もう一生触れないかも。ほーら、カッチカチですよ？」

「ああ……ほ、本当に？」

明日菜が艶めかしい上目遣いで、誠の顔色をうかがってくる。

誠も、もはや恥ずかしさより欲情が勝った。触ってほしい、触ってほしいと念じて、明日菜に視線を返す。

「じゃ、じゃあ……」触るだけならと自分に言い訳したのか、明日菜はおずおずと手を差し出し、フル怒張した肉棒をそっと握ってきた。

「ああっ……す、凄いわ、ほんとに硬い。それにとっても熱くて……これが若い子のオチ×チンなのね。あ、ピクッピクッて動いているわ、うふふ」

愛《いと》おしげにペニスを見つめながら、明日菜は根元から先端に向かって、繰り返し握ってくる。男が大きな乳房に触りたいように、女にも、逞しいペニスに触りたい欲求があるのかもしれない。

ほんのりと温かい手筒が、強すぎず弱すぎず——的確な力加減で男のツボを刺激してくる。彼女が、男のモノの扱《あつか》い方を充分にわかっている人妻であることが、ただ握られているだけで誠にも理解できた。

「はあ、はあ……うう っ」

下半身が甘やかに痺れていく。と、不意に美喜が、誠から離れた。

彼女は掌でボディソープを泡立てると、再び誠の背後に立ち、その手でペニスを包み込んできた。そして泡まみれになったそれを、ヌルヌルとしごきだす。

「くうっ、気持ちいい……あ、ああっ」

「誠くん、しっかり立って。お風呂場で転んだら危ないよ」

泡が滴り落ちれば、足元も滑りやすくなる。美喜に促されて、誠は膝立ちの格好になった。明日菜も美喜の真似をして、掌でたっぷりと泡を作り、ペニスに指を絡めてくる。美喜と明日菜は互いに協力し合い、誠の股間を泡で擦った。

美喜が指の輪っかで雁首を擦ると、明日菜が掌の窪みで亀頭を撫でてくる。すると美喜は雁首を明日菜に譲り、竿の付け根をしごきながら陰嚢を撫で回してきた。それを見て明日菜も、空いている手で会陰《えいん》——俗にいう蟻の門渡りをくすぐる。

協力というより、なんだか競い合うような感じになってきた。と、ついには美喜の指が、肛門の表面をさすってくる。

「おうっ、だ、駄目です、そこは……！」

「ここだって綺麗にしなきゃ。大丈夫、指を入れたりしないから」

ぬめりを帯びた指先が、肉の窄まりの縁をくるくると撫で回した。くすぐったいような、むず痒いような、生まれて初めての肛悦《こうえつ》。誠は倒錯感を覚えつつ、ゾクゾクするような快感を禁じ得ない。

「ああ、凄く気持ち良くって……も、もう、出ちゃいそうです……！」

ヌチャヌチャ、グチュグチュと淫靡な音が、バスルーム内の御影石に反射して響き渡った。大人の女たち、二人がかりの手淫の悦に、若勃起がいつまでも耐えられるわけもなく、下腹の奥で前立腺がジンジンと疼きだしていた。

背後の美喜がクスッと笑い、誠の耳の穴に熱い吐息を吹きかけてくる。

「このままイッちゃう？　それとも……もっといいことしてあげようか？」

股間を包む肉悦は、今でも充分すぎるほどだった。この気持ち良さに浸って、このまま果ててしまいたいと、牡の本能は訴えてくる。

だが、美喜の甘ったるい囁きに、誠は好奇心をそそられた。さらなる快感をもたらしてくれるもの、それはいったいどんなプレイか？　テクニックか？

「もっといいこと……お、お願いします」

すると美喜は、ボディソープのボトルに再び手を伸ばした。掌にたっぷりと垂らしたソープ液を――今度はなんと、己の乳房に塗りつけていく。

何度も塗り重ね、つややかな乳肌をドロドロに白濁させると、次に明日菜の豊満な膨らみにも塗りつけていった。

「さあ、明日菜さんも」

「ひゃっ、じ、自分でやるわ」

明日菜も、美喜がなにをするつもりなのかすでに理解しているようである。ビキニのブラジャーに自らボディソープをたっぷりと塗り込み、その布地で泡立てて、それを横乳や下乳にも広げていく。

誠にも彼女たちの考えがだんだんわかってきた。美喜は誠に、立ち上がるように促してくる。「足元、滑るかもしれないけど、転ばないように気をつけてね」

誠がバスルームの床に直立すると、今度は美喜が膝立ちになり、誠の屹立に横から相対する。美喜に促された明日菜が、その反対側で同じく膝立ちになる。

ペニスを挟んで、二人は向かい合う体勢となった。

「それじゃあ、いくよ、誠くん。思いっ切り気持ち良くなってね」

「うふふ、はぁい、始めまーす」

彼女たちは己の双乳を両手ですくい上げるようにし、揃って胸を突き出してくる。

右からは美喜の巨乳が、左からは明日菜の爆乳がペニスに押しつけられた。量感に富んだ二人の肉房が、ぶつかり合ってムニュッと押し潰れ、誠のモノはサンドイッチにされる。

（パイズリだ……しかもダブル！）

二人は目配せで合図をすると、乳房を上下に揺らし始めた。ソープ液でヌルヌルになった乳丘が、右から左から、ペニスの側面を撫で擦ってくる。

柔らかな乳肉による摩擦感は、手コキやフェラチオとはまた違っていた。ソープ液のぬめりもあって、右側から美喜の乳肉がぴったりとペニスに張りついてくる。

「やだぁ、うふふっ、水着がずれちゃった」

美喜のマイクロビキニは、パイズリの勢いであっけなくめくれてしまった。極小の三角形からはみ出した突起が肉棒に擦りつけられると、なめらかな摩擦感の中にコリッとした硬さがアクセントとなって、快美感に深みを与えてくれた。

「ああん、水着の裏地で乳首が擦れちゃうわ」と、明日菜も艶めかしい声を上げる。

ペニスの左半分は、乳肌よりもビキニの布地によって擦られた。少々ざらついた感触の生地だったが、ボディソープによるぬめりのおかげで痛くはない。甘美にして強烈な摩擦感で、雁のくびれまでゴシゴシと洗われる。

二人の呼吸はどんどん合ってきて、巨乳と爆乳は勢いよく弾《はず》み、まるでガソリンスタンドなどで見かける洗車機のように、間にある肉棒を揉みくちゃにした。

ビキニブラあり、ビキニブラなし――二種類の摩擦快感が、誠の頭の中でぐるぐると入り乱れる。二人の美女がキャッキャとはしゃぎながら、己の乳房を楽しげに牡の性器に擦りつけている、なんともふしだらなその光景にも興奮する。

気がつけば射精感が限界まで膨らんでいた。

「で、出ちゃいます！　あーっ、あっ、ウウウーッ!!」

ビクンッと肉棒が跳ね上がり、押しつけられた乳肉の狭間から先端が飛び出す。張り詰めた亀頭が脈打つように膨らんで、次の瞬間、樹液がほとばしった。

ほぼ真上を向いた鈴口から、噴水の如く放出される。バスルームの天井まで届きそうなほどの曲線を描き、ザーメンは次々と床に飛び散った。

女たちが黄色い歓声を上げる。誠は吐精の悦に膝を震わせつつ、足元に垂れたボディソープの泡に滑らないよう、懸命に立ち続けた。

4

「すっごい飛んだねぇ。んふふっ、そんなに気持ち良かった？」

悪戯が成功して喜んでいる子供のように、美喜はニヤニヤとした。誠は照れくささを感じながら、こくりと頷く。

「あらあらぁ……うふふ、あんなにいっぱい出したのに、もう復活しちゃったわね。若い子の元気って凄いわぁ」

明日菜がシャワーで、ペニスにまとわりつくボディソープや、鈴口に残った精液を洗い流してくれると、温かな水流の心地良さにたちまちフル勃起状態を回復した。

美喜は、すっかりずり上がってしまったビキニのブラジャーを外し、パンツの紐もほどいて放り投げる。

「じゃあ、次は当然エッチだよね？　するでしょ？」

もちろん——と答えようとしたとき、不意にドアの開く音が聞こえてきた。バスルームの外で、脱衣所のドアを誰かが開けたのだ。

誠は慌てて口をつぐむ。美喜と明日菜も、〝だるまさんが転んだ〟の鬼に見られているみたいに動くのをやめる。

磨りガラスの戸の向こうに、人影が現れた。

『……三人で入っているんですか？』

ガラス戸越しのくぐもった声——綾音の声だった。

姉ではないと誠はほっとしたものの、ダブルパイズリで射精し、今からセックスもしようとしていたところなので、やはり気まずいことは気まずい。

「は、はい……すみません」

しかし綾音は、別に咎めてはこなかった。もっとも、彼女はあくまで家政婦であり、誠の教育係ではない。恋人でもない女たちと、誠がどんなふしだらなことをしたとしても、彼女はそれを注意する立場にはなかった。ただ、

『バスルームと伊織さまの部屋は離れていますが、一応気をつけて、できるだけ静かに入ってくださいね』とだけ、彼女は言った。

彼女がここに来たということは、おそらく伊織はもう寝たのだろう。それでこちら

の様子を見に来たというわけか。

「はい、わかりました……」

『では、失礼いたします』話が終わると、綾音は早々に脱衣所から出ていった。

それまでじっとしていた美喜が、フーッと息を吐いて身体の緊張を解く。「綾音さん、怒ってなかったよね？　じゃあ、続けよっか」

どうやら美喜は、セックスをやめる気はまったくないようだ。

もちろん誠も、先ほどのたった一度の射精だけで満足できたわけではないのだが。

「でも……綾音さんが、〝できるだけ静かに〟って言ってましたよ？」

「エッチするなとは言ってなかったじゃない。だったら、できるだけ静かにやればいいってことでしょ？」

美喜が艶めかしい手つきで、誠の胸板をくすぐってくる。指先が乳首に触れると、親指と人差し指でキュッとつまんできた。甘美な刺激に誠は身を震わせ、うなだれかけていた息子もすぐさまムクリと頭を上げる。

「さっきはあたしたちのパイズリで、思いっ切り射精したでしょ？　じゃあ、今度はあたしたちを気持ち良くしてくれないと。明日菜さんもそう思いますよね？」

「そ、そうねぇ……」

モジモジしながらも、明日菜は物欲しげな眼差しを誠の太マラに向けてきた。人妻としての貞操観念は、もはやほとんど忘れてしまったようだ。

バスルームの中に三人の淫気が満ち溢れる。こうなると、もう止まれない。互いに視線を交わし、微笑みで合意した。

男が一人に、女が二人。美喜と明日菜はジャンケンをし、まずは美喜が誠とセックスをすることになる。早速、床に仰向けになり、大股開きで挿入を促す美喜。あからさまにされたローズピンクの花弁は、すでに充分な蜜を滴らせて、つややかに濡れ光っていた。

「来てぇ、誠くん」と、美喜ははしたなく腰をひくつかせる。「もう前戯なんていらないから、そのぶっといオチ×ポ、早くちょうだい。ね？」

「は、はいっ」

誠は、牝花の中心にペニスを潜り込ませた。初めてのときと同じように力強く締めつけてくる膣穴を、正常位で貫く。

美喜の穴は、あのときよりもスムーズに太マラを受け入れてくれた。一度繋がったことで、女の身体が自分に馴染んでくれたのかもしれない。

誠はムチムチの太腿を両手でしっかりと抱え込み、昂ぶる色情に血を熱くして、ピストンを開始する。最初は緩やかに肉穴を掘り返しつつ、着実にストロークを加速させていく。

「あうぅ、ああんっ……！　いい、いいよぉ、オマ×コがすっごく広がっちゃってる……唇の両端に指を引っ掛けられて、無理矢理、引っ張られているみたい……ジンジンするけど、痛気持ちいいのおぉ」

「くうぅ、僕も……美喜さんのオマ×コ、とっても気持ちいいですっ」

彼女の媚声がひっくり返りそうになるたび、弾力性に富んだプリプリの膣肉が、ペニスをギュギュッと絞り込んできた。その瞬間の摩擦快感は息を呑むほど素晴らしく、誠はさらにピストンを励ます。

この女体は肉の快感に打ち震えるたび、旨味を増していくのだ。そして彼女は確か、Gスポットへの刺激をなにより悦んでいた。誠はストロークを小刻みにし、挿入を少しずつ浅くしていく。すると、彼女の反応がひときわ強くなった。

「あ、あっ、そこぉ……！　オチ×ポが、うぅぅ、一番いいところに引っ掛かるの……そこにちょうだい、欲しいの、もっとぉ、くふぅぅぅんッ」

どうやら美喜の泣きどころを、ぴったりと捉えたようだ。最大限に充血し、大きく張り出した雁エラが、Gスポットの膣肉を甘やかに掻きむしる。美喜はブリッジをしそうな勢いでビクビクッと仰け反り、膣壺は嬉々としてペニスを締めつけてきた。

誠も込み上げる快感に顔をしかめながら、なおも腰を振り続ける。

と、それまで誠たちのセックスをただ眺め、人妻の艶めき腰を悩ましげにくねらせていた明日菜が、とうとう動いた。

「あぁ、駄目だわ、もう我慢できない……！」

普段はおっとりとして、柔らかな笑みをたたえている明日菜。しかし今、聖母のような彼女の美貌は桜色に上気し、はしたなく緩んで、すっかり発情した牝のそれになっている。

明日菜は、シャワーで手早く胸元のボディソープを洗い流した。豚の血の汚れも、もうすっかりなくなっていた。「美喜ちゃん、ごめんなさい、お邪魔するわね」と、彼女は美喜をまたぎ、膝立ちになって誠と向かい合う。

「はぁ……んふっ、誠くんは大きなオッパイは好きかしら？」

彼女の手が、首の後ろの紐をほどいた。艶めかしく背中を反らして、もう一つの結び目もほどく。ビキニのブラジャーが外れるや、乳肉がプルンと揺れた。

一糸まとわぬ生乳が、誠の眼前にぐっと突き出される。顔から十センチほどの距離まで迫る巨大な双丘、そのインパクトに圧倒されながら、誠はこくこくと首を振る。

「凄いです、明日菜さんのオッパイ。な、何カップですか？」

明日菜は片手を頬にあてがい、恥ずかしそうにしながらも答えてくれる。「やだ、誠くんったら……Jカップよ」

綾音のあの見事な巨乳は、Gカップだった。そこからHもIも超えた、明日菜のJカップ！ 誠は改めて感嘆の溜め息をこぼした。

「良かったわ。大きすぎるオッパイは嫌いって人もいるけど、誠くんはそうじゃないのね」うふふっと、明日菜は微笑む。「じゃあ、どうぞ、好きなように触ってみて」

これを嫌うだなんてとんでもないと、誠は、連なる肉の山に両手を伸ばした。

「やぁん、あたし、Fカップだけど……誠くん、あたしのことも忘れないでぇ」

「あっ……す、すみません」

爆乳に我を忘れて、ついピストンが止まっていた。誠は慌ててストロークを再開する。ふと脳裏をよぎる美喜のFカップ。このJカップの破壊力には及ばないが、重力に逆らうような美しい丸みを誇る美喜の巨乳も、誠は大好きである。

しかし、今は目の前のこれだ。誠は両手で肉房を揉みほぐし、その柔らかさと重みに感動する。まるで空気をつかんでいるみたいな柔らかさなのに、すくい上げようとすると、掌にずっしりとその重さが乗っかってきた。

夫にいじられまくったのか、それとも出産後の授乳のせいか、乳首はやや黒ずんだ褐色。いかにも子持ちの人妻らしい大粒の肉突起に、誠は劣情を昂ぶらせた。彼女の愉悦の反応を想像しながら、その突起を二本の指でキュッとつまむ。

期待どおり、明日菜は「はぁんっ」と色っぽい声を上げて、身をよじった。

が、それだけではなかった。つまんだ乳首から、勢いよくなにかが飛び出したのだ。それは白い線を宙に描き、顔面に当たって飛び散った。誠はうわっと驚いて、反射的に身を引いた。

顔面に当たったものが、ツーッと垂れていく。液体だ。そして褐色の乳首には、小さな白いしずくがいくつか残っていた。

「え、えっ……ぼ……母乳……!?」

誠の驚きようがよっぽどおかしかったのか、明日菜は肩を揺らして失笑する。

「ごめんなさい、驚かせちゃったわね。そうよ、私まだ母乳が出るの」

明日菜にはもうじき三歳になる息子がいるそうだが、その子はママのオッパイが大好きで、保育園に通うようになってからも、まだ母乳を欲しがった。ママのオッパイが飲みたいと駄々をこねて、保育園の先生を困らせたこともあったという。

先生からその話を聞かされて、明日菜はとても恥ずかしかったそうだが、しかし、可愛い息子が求めているのだから、無理矢理にやめさせることはできなかった。

ただ、保育園の同じ年頃の友達が、もう誰もお母さんのオッパイを吸っていないと知ると、息子の心にも変化が生まれたらしい。だんだんとオッパイを求めることが少なくなり、つい先月に、とうとう卒乳したのだそうだ。

「だからまだ母乳が出るのよ。今はオッパイが張ってきたら、自分で搾って捨てているんだけど、それってちょっと複雑な気持ちになるのよね」

息子の成長は素直に嬉しいが、母親として、なんだか寂しい気もするのだとか。

誠は少し躊躇った。大学生にもなって母乳を飲むというのは、やはり少々恥ずかしく思えたのだ。

「だから……誠くん、良かったら飲んでみる？」

しかし、結局は好奇心に従った。彼女の大きすぎる膨らみに顔を寄せ、ドキドキしながら頂の突起に吸いついた。

「うふぅん……じゃあ、唇で乳輪ごと搾るようにしてみて。歯は立てないでね」

乳輪はドーム状にぷっくりと膨らんでいて、唇で挟みやすい。誠は、言われたとおりにしてみた。すると、途端に生温かい液体が噴き出し、誠の口内のあちこちに当たって弾けた。

甘いミルクの香りが、鼻の奥から広がってくる。いかにも体液といった、やや癖のある匂いも含まれていたが、そんなに気にはならなかった。味は、砂糖を少し溶かしたぬるめのホットミルクという感じ。さらさらとして舌や喉には絡みつかず、すっきりと飲みやすかった。

（……うん、結構美味《おい》しい）

やはり爆乳だからか、搾ればいくらでも母乳は噴き出す。誠はそれを一滴もこぼさずに飲んで、乾いた喉を潤した。そして、腰のピストン運動にも精を出す。美喜の口から漏れる淫声はますます熱を帯びていき、Ｍの文字を描くムチムチの美脚は、閉じたり開いたりと悩ましげに蠢いた。

明日菜もうっとりと美貌を蕩けさせながら、鼻息を荒くしていった。「うふぅん……ああ、オッパイを吸ってる男の子って、ほんとに可愛いわぁ」

どうやら性感と共に母性本能も刺激されているようだ。誠の頭を慈《いつく》しむように撫でながら、明日菜はこんなことを言ってきた。

「ねえ、誠くん……私のこと、ママって呼んでみて」

誠はいったん乳房から口を離し、引き攣《ひつ》った苦笑いを浮かべる。「いやぁ、それはちょっと……ごめんなさい、恥ずかしいです」

幼い子供だった頃にも、母親のことをそんなふうに呼んだことはなかった。誠は笑って誤魔化そうとする。

が、明日菜は誤魔化されなかった。誠の頬を両手で挟むと、グイッと引き寄せる。彼女の瞳が、間近からじっと見据えてくる。

「駄ぁ目、言って、さあ、ママって……お願い、ね？　言いなさい、ほらぁ」

「わ、わかりました……うう、マ、ママ」

慈母の微笑みの中に、奇妙な迫力を感じた。頬を挟む両手にもぐっと力が込められて、誠はなんだか逆らえなくなったのだった。伊織が明日菜について、〝怒ったときはかなり怖い〞と言っていたことが、不意に思い出された。

明日菜は満面の笑みを浮かべ、よしよしとまた頭を撫でてくる。

「うふっ、嬉しいわぁ、うふふふっ。さぁ誠くん、ママのオッパイをもっと吸って」

今度はこっちと、反対側の乳房が顔面に押しつけられた。鼻先がムニュッと乳肌に埋まって、ボディソープの香りと共に、軽い窒息感を覚える。めまいを覚えつつ、誠は乳輪ごと咥え込んで母乳を搾った。ゴクゴクと飲んだ。

「いいわよぉ、うふふっ、たくさんオッパイを飲めば、それだけ大きくなれますからねぇ。誠くん、ママのオッパイは美味しい？」

「ぷふっ……う、うん、ママのオッパイ、とっても美味しいよ」

ママという呼び方に意識が流されたのか、自然と敬語を忘れ、まるで本当に彼女の息子になったみたいに答えた。

そしてまた、はむっと乳房に吸いつく。唇で母乳を搾りながら、乳首を下から上へ舐め転がした。たちまち充血し、親指の先ほどの大きさにまで肥大した乳首へ、誠は甘やかに前歯を食い込ませる。

「あうっ、あ、あぁん……誠くんったら、いけない子……オッパイを飲むときは、そんなエッチな吸い方をしちゃダメなのよ。ママ、困っちゃうわぁ」

そう言いながら、明日菜はさらに胸を突き出し、乳房を押しつけてきた。ときおり上ずるその媚声からも、彼女が悦んでいるのは明らかである。

（なんていやらしいママだろう。もしかして実の息子に授乳してたときも、こんなふうに密かに感じてたんじゃないか？）

誠は妄想《もうそう》と劣情を膨らませ、昂ぶる衝動のままに肉房を揉みしだいた。右へ左へ、跡がつくくらいに吸いついて、しゃぶっては搾り、飲んでは舐め転がした。

「あううぅ、ん、んんっ……誠くん、そんなに夢中になってぇ……うふふっ、ママのオッパイが大好きなのね？　あ、ああっ……じゃあ、明日も、明後日も、また飲ませてあげる……こっそり会いに来て……いいわねっ……？」

「う……うん、そうするよ、ママ」

「うふっ……いい子ね、約束よ。ママ、いっぱいオッパイ溜めておくか——あ、やぁん、美喜ちゃんったらぁ……！」

急に明日菜が、悩ましげに腰をくねらせる。

不機嫌そうな美喜の声が聞こえてきた。「なんか……んふっ……誠くんと明日菜さん、二人だけの世界に入っちゃって、ずるいですっ。ジャンケンに勝ったのはあたしで、最初は、あたしと誠くんのエッチのはずだったのにぃ」

誠は、美喜の膣穴へのピストンをずっと続けていた。

しかし、明日菜と目を合わせ、明日菜と言葉を交わし、明日菜の爆乳にしゃぶりついていると、なんだか明日菜とセックスをしているような気分にもなっていた。そのことに美喜は気づいていたのかもしれない。

「悔しいから、あたし、明日菜さんのクリを剝いちゃいます」

どうやら美喜の指が、明日菜のビキニパンツの中に侵入しているようだ。指の感触だけでクリトリスを見つけ、包皮をめくってしまうつもりらしい。

「うわぁ、明日菜さんのオマ×コ、もうグッチョグチョ。エッチなおママ、ママごとで興奮しちゃったんですね。いやらしー。あ……うふふっ、みーつけた」

「あぁん、ごめんなさい、美喜ちゃん、割り込んじゃって……んんっ、くぅ、待ってぇ、あ、あううっ」

明日菜は切なげな声を漏らし、女体を小刻みに戦慄かせた。

その後、美喜の指が、明日菜の股座の奥にチラッと見える。どうやらビキニパンツの中から指を抜いて、今度は外から布越しに女陰を擦っているようである。

「い、いやぁん、クリトリスが、裏地に直接っ……んぅ、ひぃぃ……！」

剝き出しの肉蕾が、水着と直に擦れる感触——それはなかなかに強烈らしく、淫母の表情はこれまで以上にはしたなく歪《ゆが》んだ。苦しげにすら見えるほど眉をひそめて、しかし頰はだらしなく緩み、唇の端からよだれまで垂らしている。

そんなエロママの有様にますます興奮した誠は、美喜のコンパスを腋の下にがっちり抱え込むと、気合を入れ直し、猛然とピストンを励ました。雁高の亀頭でGスポットの膣壁をゴリゴリと掻きむしった。

「おほおぉ、そ、そう、誠くんっ……あはぁん、嬉しい、もっとぉ、もっともっとオチ×ポ擦りつけて！　ああ、あぁ、ジンジンしてきたよおぉ」

「はっ、はあぁ、誠くん、頑張って、美喜ちゃんをイカせてあげて……そしたら次は、ママよ、ね、ママのオマ×コの番だからっ……ああっ、ダメぇ、美喜ちゃん、そんなに擦ったらヒリヒリしちゃうぅ」

明日菜の両腕が、誠の頭を力一杯に抱き締めてくる。

（ああ、なんだろう、この感じ）

乳房に吸いつき、赤ん坊の如く母乳を飲みながら、誠はセックスで女と繋がっていた。しかもそれを、二人の女を相手にやっている。

なんとも奇妙な感覚——倒錯した官能が頭の中をいっぱいに満たし、そのうち内側からパーンッと弾けてしまいそうだった。

それでも誠は嵌め腰を尽くした。小気味良い収縮を繰り返す蜜壺へ、荒々しくも律動的なピストンを打ち込み続ける。擦って擦って、擦りまくる。

「はっ、はひぃ！　いいっ……イッちゃう、ああ、凄いよ、オマ×コ、熱い、熱いぃ……おほおぉ、おおっ……も、漏らしちゃうぅ！」

漏らしちゃう？　誠は怪訝に思った。こんなときになにを漏らすというのか。

まさかオシッコか？　それなら——漏らしちゃえばいい。どうせここはバスルームだ。洗い流せばすむことだ。誠自身も射精感が高まってきて、それ以上、あれこれ考えられなくなった。

充血して厚みを増した膣壁を引っ掻きながら、雁エラで肉汁を掻き出すようにファックしまくる誠。美喜は先ほど綾音に注意されたことも忘れたらしく、息んで、喘いで、バスルームの外まで響きそうな甲高い声を上げた。

「んああっ、き、来た、来た、すっごいのが……おおぉ、漏れちゃう、出ちゃうよ、んほぉ、イクッ、イクッ、イクイクーッ!!」

最後の淫声がほとばしると同時に、腋に抱えていた美喜の両脚がブルブルッと震えだす。その直後、生温かいものが勢いよく誠の下腹に当たった。

ほんとに漏らしたのか!?　誠は明日菜の腕から頭を外し、結合部を覗き込む。肉のスリットの内側、太マラを咥えて大口を開いている膣穴の少し上から、ビュッ、ビュビューッと液体が噴き出すのを、確かに見た。

(これは……そうか、オシッコじゃない)

誠も噂には聞いたことがある。潮吹きというやつだ。液体はまったくの透明で、後から刺激的な匂いが立ち昇ってくることもなかった。

ＡＶなどではよく見かけるが、これが本物の潮吹きかと、誠は胸を昂ぶらせる。

だが、その感動にゆっくりと浸っている暇もなく、明日菜が誠を促した。

「さあ、うふふっ、次はママの番よ。誠くん、仰向けになって」

明日菜はビキニパンツを脱ぎ捨てるや、今度は誠の腰をまたぎ、蹲踞の姿勢でしゃがみ込んでくる。白く濁った本気汁まみれのペニスを握り起こすと、手慣れた様子でその先端を己の肉裂にあてがった。

グチョグチョにぬかるんだ媚肉の有様を亀頭で感じる——と、次の瞬間には挿入が始まる。明日菜の膣穴は極太の肉器をものともせず、大口を開けてみるみる呑み込んでいった。

「おほっ、ううぅっ、誠くんのオチ×チン、凄いわぁ。夫の倍はあるかも……はぁぁん、太さも、長さもぉ」

明日菜は悩ましげに眉根を寄せた。だが、いかに誠のペニスが大きかろうが、赤ん坊の身体のサイズには及ばない。出産経験があるという膣穴は、余裕すら感じさせながら、見事な柔軟性で太マラを受け入れていった。

そして早速、明日菜は膝を使って腰を弾ませ、逆ピストン運動を開始する。

「くううっ、ママのオマ×コ……あ、ああっ」

熱かった。まさに燃えているようだった。美喜や綾音の中ももちろん温かかったが、明日菜の肉壺はそれより遙かに煮えたぎっていた。

最初は火傷しそうに思ったほどだが、しかし熱い湯船に浸かったときのように、次第に慣れて心地良くなってくる。そして熱せられると、それだけで感度も上がるらしく、美喜とのセックスで射精寸前まで高まっていたペニスは、たちどころに限界を迎えた。

「あーっ、出ちゃうよ、ママ！　も、もう……ウググッ」

出ちゃうよ、ママ――その言葉に明日菜は、アヘ顔にも似た卑猥な笑みを浮かべる。

「いいっ……いいわ、出して！　ママのオマ×コから溢れるくらい、いっぱいドピュドピュしちゃってぇ！」

「う、うん、出すよっ、あ、あ、あ……で、出るウウッ!!」

なんだか本当に母親と交わっているような気分になって、誠は禁断の官能を昂ぶらせながら、多量の精をほとばしらせた。

女体の最深部で、明日菜はそれを嬉しそうに受け止める。膣底にめり込んだ亀頭がビクッビクッと打ち震えるたび、彼女もその身を戦慄かせ、プルプルッとJカップの巨肉を揺らした。

射精がやんで肉棒が鎮まると、明日菜はうっとりと溜め息をこぼす。

が、もちろん彼女は満足などしていなかった。大きく息を吸い込んで、すぐさま逆ピストンを再開する。

「うぐうっ……！　ママ、ちょっと待って……う、う、ううっ」

明日菜の膣壺はとても柔らかい。それでも射精直後の敏感ペニスにとっては、荒布で擦られているような摩擦感だった。誠は歯を食い縛って耐える。

「駄目っ、待てないわ」明日菜は容赦なく首を振り、淫らに腰を弾ませた。

「ママのために頑張って……あうぅん、ほらぁ、オチ×チンを早くカチカチに戻しなさい。誠くんはいい子よね？　いい子だったら、ママを悦ばせなきゃいけないのよ、さあっ」

柔軟性、伸縮性に優れた膣肉は、真空パックの如くペニスを包み込んで、竿はもちろんのこと、亀頭の複雑な曲面から雁のくびれに至るまで、隙間なくぴったりと吸いついていた。

次第にペニスが回復してくると、その甘美な摩擦快感に誠はほっとする。締めつけはさほど強くなかったが、柔らかな膣肉にふんわりと包み込まれる感触は、まるで誠自身を優しくハグされているようだった。ここにも彼女の母性本能が宿っていた。

（強烈ではないけど、確かな気持ち良さがある。ああ、いい……）

再びフル勃起となった肉棒が膣底を抉ると、

「んあっ！　お、おぉ……オチ×チン、いいわよ、あぁ、まるで鉄みたいに硬くなってぇ……偉いわ、誠くん、後はママが、頑張っちゃうからぁ、ふっ、んんっ！」

逆ピストン運動を加速させ、若牡の肉槍でズブリズブリと己を刺し貫く明日菜。爆乳はその重量ゆえに宙に躍ったりはしなかったが、タプッタプッと絶えず波打ち、噴き出した汗が乳首の先に溜まっては飛び散った。

誠は熱々の膣肉にのぼせ、頭の中が桃色に溶けていき、思わずまどろみそうになってしまう——そのとき、不意に美喜が誠の頭をまたいでくる。

「うっふふ、あたしもまだまだ気持ち良くなりたいの。さぁ誠くん、お姉ちゃんのオマ×コも、ね？　いっぱいペロペロしてちょーだい」

明日菜の母子相姦ごっこに釣られたのか、美喜は姉気取りでそう言うと、前向きで蹲踞の姿勢になっていった。未だ白蜜に蕩けた肉のスリットが、ぱくっと口を広げながら誠の顔面に迫ってくる。グニャグニャにひしゃげた大ぶりの花弁が、誠の口元にぴたっと触れた。

軽く息を吸い込んだだけで、たちまち濃密な恥臭に鼻腔を燻《いぶ》され、誠はめまいすら覚えた。美喜さん、まだ身体を洗ってないんだよな。そういえば、昨夜は風呂にも入っていなかったんだっけ。匂うはずだ。

美喜の膣穴には射精しなかったので、純粋な牝のアロマを堪能できた。鼻の奥にツンとくる刺激臭も感じられたが、それは先ほどの潮吹きとは関係なく、二日分の汗や尿の残り香だろう。

臭くはなかった。汚いとも思わなかった。誠は舌を伸ばし、ペロッと割れ目を舐め上げる。粘液をまとった媚肉のヌメヌメした感触。甘酸っぱさの中に塩気を含んだ、なんとも複雑な味わい。なかなかの珍味である。

誠は、イカの塩辛などの癖のある珍味は好きではなかったが、こっちには喜んで舌を這わせた。熟成された牝肉を味わいながら、まずは小陰唇のぬめりを舐め取り、それから肉のベールを舌先で弾くようにする。

何度か舐め上げているうちにベールがめくれ、小粒の肉真珠が舌に当たった。誠は唇を寄せて、チュッチュッとそれをついばんだ。美喜の腰が小刻みに戦慄く。彼女の股座から見上げた乳肉の稜線も、プルルンと揺れる。

「ひっ、いいっ、くうぅ……！　ま、誠くん、なんだかとっても上手ぅ……オマ×コ舐めるの、初めてじゃないの？　んっ、んっ、ふうぅん」

綾音に初クンニをしたことで、初歩的な舌使いはマスターしていた。ただ、それをわざわざ話すこともないだろうと思い、「さあ、どうでしょう」と誤魔化して、誠はさらに陰核にしゃぶりつく。

舌で転がし、吸引すれば、小粒の肉豆はしっかりと硬くなった。美喜はスタッカートな媚声を漏らして、もっともっとと恥唇を押しつけてくる。淫らな反応に気を良くした誠は、膣穴に中指を潜り込ませ、内部のぬめりをすくい取ると、先ほど自分がやられたみたいに、彼女の肛門をヌルッと撫でさすった。

「はうっ、も、もう、誠くんったらぁ……あうぅ、くすぐったいの、ふひぃ」

さっきの仕返しのつもりだったのに、美喜はほとんど嫌がらなかった。

それどころか、アヌスの表面を撫でられるたびに、彼女はますます甘ったるい喘ぎ声を漏らし――ついにはこんなことを言いだした。

「うふぅ、ねえ、誠くぅん……指、入れてみてもいいよ？」

「えっ……!?」

「嫌だったら別にいいんだけどぉ……んふっ、でも入れるなら、その指、根元までしっかり濡らしてね」

排泄《はいせつ》器官に指を入れる――そのことにまったく抵抗がなかったわけではない。しかし今の誠にとって、衛生観念とか倫理観とか、そういうものはめくるめく3Pの肉悦の前に無力だった。美喜のような可愛い美人のアヌスなら、なおさら嫌悪感など湧くはずもない。

でも、美喜さんの方は本当に大丈夫なのか？　誠は半信半疑のまま中指を蜜壺に潜り込ませ、言われたとおりに付け根までたっぷりとぬめらせた。

その指の先を肛肉の窄まりにあてがい、思い切って押し込んでみる。当然の如く、美喜は苦しげに呻いた。だが次の瞬間、排出専門のはずのアヌスの口が緩んで、誠の指は第一関節まで呑み込まれてしまう。

「まあっ」と、誠より先に明日菜が驚きの声を上げた。逆ピストン運動で腰を躍らせていた彼女にも、美喜の肛門の有様が見えているようである。「本当に、入っちゃってる……！　美喜ちゃんったら、お尻、だ、大丈夫なの？」

「はい、ときどき……自分でもいじってますから。ふふふっ」

美喜は肛門性交にも興味があるそうで、いつの日か後ろの穴にペニスを迎え入れるため、自身の指や淫具を使い、いわゆるアナルオナニーをしているのだとか。

まだペニスの挿入は難しく、誠の太マラなどは到底無理だというが、それでも指の一本くらいなら問題ないらしい。美喜に促されて、誠が中指をゆっくり抜き差しすると、彼女はたちまちはしたない呻き声を漏らした。

「ん、んおおぉ……いいのぉ、あ、あぁ、ゾクゾクしちゃうぅ……さあ、誠くん、続けて……クリを舐め舐めしながら、お姉ちゃんのお尻の穴、ほじくり返してぇぇ」

指が潜り込んでくるときは多少苦しいが、引き抜かれるときは淫らな声が我慢できなくなるほど気持ちいいという。誠が中指を抽送し、クリトリスを舌先で転がすと、なるほど美喜は発情した獣の如く唸り続け、人としての理性も品性もなくしてしまったかのように悶え狂った。

（お尻の穴でも感じるなんて、美喜さん、なんてエロいんだ……！）

その有様に誠は劣情をたぎらせ、さらに彼女を狂わせたくなる。

恥裂から溢れた新鮮な愛液が、ついには誠の下唇や顎へポタポタと滴り、むせ返りそうなほどの淫臭で顔面を包み込んだ。濃厚な牝フェロモンを含んだそれを胸一杯に吸い込んで、誠もまた盛りのついた一匹の牡となっていく。

明日菜が悲鳴を上げた。「あっ、うぅん、誠くんのオチ×チンがっ……す、凄ひぃ、もっと大きくなったわぁ！　オマ×コの奥ぅ、子宮まで……ひ、響くウウッ」

それでも明日菜は、逆ピストン運動を抑えるどころか、さらに勢いよく腰を振り下ろし、膨張率百二十パーセントの巨根を深々と咥え込んで、ズンッ、ズズンッと膣底を抉っていった。

以前の彼女はクリトリスが一番の性感帯だったという。しかし、出産をきっかけに、どういうわけか子宮口――ポルチオの悦の方が勝るようになったそうだ。

反り返ったペニスの先端、肉の拳が、コリコリした子宮口を乱打しまくる。滅多打ちにする。明日菜は喘ぎ交じりに「イキそう、イキそう！」と口走っては、なおも嵌め腰を轟かせていく。

（あ、あ、激しすぎる。僕、もう……！）

猛烈な摩擦によってさらなる高熱を帯びた膣肉が、雁エラや裏筋を滅茶苦茶に擦り立てた。いかに母性に満ちた柔膣といえど、これだけ抽送が激しければ、若勃起を追い詰めるには充分だった。

誠は、込み上げてくる射精感を必死に抑えながら、美喜のクリトリスを舐めて、吸って、甘嚙みを施した。中指のストロークで肛門の縁を擦り倒した。

（これでどうだっ）

手首を左右にひねって、ドリルのように中指をグリッグリッと回転させてみる。

途端に美喜は金切声を上げ、女尻がビクンと宙に跳び上がった。

「ヒギいいっ、イッ、イグーッ!!　イグイグイグぅぅんッ!!」

アヌスに嵌まっていた中指が、万力のような力強さで締めつけられる。そして宙に浮いた美臀《びじり》は——誠の顔の上に落下し、ズンッと着座した。

引き締まった双臀の心地良い弾力。顔面騎乗で鼻も口も塞がれた。恥蜜が鼻腔へ直に流れ込み、高濃度の牝臭が頭の中に充満する。気がついたときには射精が始まっていた。

「ウ、ウウーッ!!　むぐ、うぐぅ、ンンンンッ!!」

熱い樹液が尿道を焦がして、次々に噴き出していく。誠は息苦しさと吐精の激悦にクラクラしつつも、最後の力を振り絞ってペニスを突き上げた。振り下ろされる女尻と誠の腰がぶつかり合って、甲高い破裂音がバスルーム中にパンッパンッパーンッと響き渡る。

「きひっ、んいぃ……んほ、おおっ！　す、凄っ、おおぉ、子宮口がズンズンされて、こ、こじ開《こ》けられちゃう……ママのお腹の一番奥に、誠くんが入ってくる、クルうぅ！　あぁ、イクッ、イクッ、ングウウーッ!!」

控えめだった膣圧が、今だけは力強く締めつけてきた。そして狂ったように肉壁が蠢き、ペニスを揉みくちゃにしてくる。まるで一生懸命に頑張ってくれた息子を褒めちぎり、思いっ切り抱き締めているように。

極上の肉悦に包まれたペニスは、陰嚢が空っぽになるまで延々とザーメンを吐き出した。誠は意識を朦朧《もうろう》とさせながら、甘美極まる吐精の感覚と、３Ｐをやり遂げた満足感に酔いしれる。

最後の一滴までちびり尽くしてもなお、ペニスはさながら心臓の如くドクンドクンと脈打ち続けた。

5

危うく気を失いそうだったが、その前に美喜がアクメの忘我から覚めて、誠の顔面からどいてくれた。なんとか窒息状態を免《まぬが》れた誠は、バスルームの床に大の字になって、しばらくぐったりとした。

それからセックスの汗や粘液を洗い流し、三人で湯船に浸かる。母子相姦の魔法は解けて、明日菜もいつもどおりの彼女に戻っていた。

誠はふと疑問を思い出して、美喜に尋ねる。「そういえば、ベッドで〝死体〟になっていたとき、キャミソールとか着てましたよね。裸で寝るって言ってたのはやっぱり嘘だったんですか？」

「あ、気づいてた？　うふふ、鋭いねぇ、名探偵くん」

でも、嘘じゃないわと、美喜は言った。すると、明日菜もそれに頷く。

美喜と明日菜は、伊織も含め、これまで何度も一緒に旅行へ行ったことがあり、素っ裸で寝る美喜を、明日菜は確かに目撃しているという。

死体のふりをするとき服を着たのは、綾音の指示だった。美喜は綾音に、自分がいつも裸で寝ていることを説明したが、それでも綾音は、〝死体〟になるときは服を着てくださいと言ってきたという。その理由は、「第一発見者が誠さまになる可能性もありますので、全裸ではよろしくないでしょう」とのこと。

なんだ、その程度のことだったのかと、誠は少しばかり拍子抜けした。あのとき、美喜の〝死体〟が服を着ているという違和感に気づいて、〝これは殺人事件なのでは？〟と、誠は疑念を抱いたわけだが――。

「もし姉さんが、美喜さんの〝遺体〟の不自然さに気づいていたら、どうするつもりだったんですか？　下手したら、サプライズだってことが姉さんにバレちゃうきっかけになったかもしれないですよね」

美喜はウウーンと首をひねる。「それは……綾音さん、予想外の事態に備えて、かなりいろいろ計画を練っていたみたいだから、まあ、なんとかしたんじゃないかな。それに、結局、伊織先輩は全然気づかなかったわけだし」

「伊織ちゃん、本気で怯えていたわよねぇ」と、明日菜が気の毒そうに呟いた。「今さらだけど、このサプライズ、ちょっとやりすぎなんじゃないかしら……？」

「えー、明日菜さん、このサプライズの計画立てていたときはノリノリだったじゃないですか。楽しそうにいっぱいアイデア出してましたよねぇ」

美喜がニヤニヤしながら誠に教えてくれる。なんでも明日菜は、かつて伊織が原因で彼氏と別れてしまったのだそうだ。同じアパレル会社の別部署にいたその彼は、明日菜と付き合いながら、伊織にも手を出そうとした。それを知った明日菜は、怒りの拳と共に、彼氏に別れを告げたという。

「あ、あれは、あの男が悪いんであって、伊織ちゃんのせいじゃないわ。それに、あの男と別れたから、今の夫と結婚できたんだし——私、伊織ちゃんを恨んでなんかいませんっ」

美喜を睨む明日菜。「ジョーダンですよぉ」と首をすくめる美喜。

誠は苦笑いを浮かべながら、心の中ではこんなふうに考える。明日菜には本当になんの遺恨もなかったのだろうか？　あるいは、ちょっとくらいは複雑な思いが残っていたのかもしれない。少なくとも、〝刺殺体〟になる準備をしていたときの明日菜からは、罪悪感のようなものはまったく感じられなかった。

誠はぼそっと呟く。「姉さん……明日菜さんが死んで、泣いてましたね。美喜さんが死んだときも、自分のせいかもしれないって嘆いてました」

と、途端に美喜も明日菜も黙り込んでしまった。

余計なことを言ってしまったと、誠は後悔した。二人を責めるような資格は、自分にはない。誠も今回のサプライズに協力した一人——共犯者なのだから。

「ま……まあ、姉さんなら、これがサプライズだってわかったら、きっと笑って赦してくれますよ」

「そ、そうだよね。伊織先輩、いつだって最後は優しいもん……」

「そうよね……うん、きっとそうだわ……」

二人は顔をうつむけたまま、自分に言い聞かせるようにそう呟いた。

第四章　血よりも濃い義姉の味

1

美喜と明日菜は風呂から上がると、夜のうちに離れの塔へ移動した。

翌朝、目を覚ました伊織に綾音は、「伊織さまがお休みの間に、誠さまに手伝っていただいて、明日菜さまのご遺体も離れの塔へお運びしました」と説明した。

「夜の間に運んだの？　危ないじゃない！」と、伊織は怒ったように言った。人殺しがどこに潜んでいるかわからないのに、夜の暗いうちに外へ出るなど信じられない――と彼女は思ったのだろう。

それに対して綾音は、「いえ、夜が明けてからです」と答えた。「もちろん、明るくなったら絶対に安全というわけではありませんが、それでも――わたくし、離れの塔の様子も確認してみたかったのです」

現在、電話は使えない。迎えのクルーザーが来るのは三日後。

「わたくしたちはそれまで、殺人鬼の魔の手から、自分たちの身を守らなければなりません。しかし、この館の中なら安全だといえるでしょうか？」

第一の〝殺人〟は密室で行われた。つまり、どれだけ厳重に戸締りをしても、〝犯人〟には館を出入りする手段があるかもしれない――ということである。

「そ、そんな……！　じゃあ昨日の夜も、犯人がその気だったら、館に侵入して私たちを皆殺しにしていたかもしれないってこと⁉」

「そうだったかもしれません。しかし一方で、犯人は明日菜さまを殺すとき、わざわざ美喜さまの部屋から侵入しています。どこからでも自由に出入りできるわけではないのではないでしょうか」

「なにか理由があって、美喜さんの部屋から館に侵入するしかなかったってこと？」

誠は、そんな質問をするような指示を受けていたわけではない。ただ、ずっと黙っているのも不自然だろうと思ったから、アドリブを利かせただけだ。綾音がなにを言おうとしているのか、誠はすでに知っていた。すべて計画のうちなのだ。

綾音は誠に向かって、ほんの一瞬、笑みを送る。「その可能性が高いと思います。

ですが、そうだと断言することもできません。今後、なにか状況が変われば、犯人は他の部屋からも侵入が可能になるかもしれません」

伊織が苛立ちの声を上げた。「じゃあ、どうしろって言うの！」

「はい、ですから――いっそわたくしたちも離れの塔へ移動しませんか？」

離れの塔には、唯一の出入り口である扉に閂錠《かんぬきじょう》がついている。七、八センチほどの厚みがある、ずっしりとした横木で扉を中から封じることができた。

原始的な仕組みだが、そこが逆に安心できると綾音は言う。合鍵を使うとかピッキングをするとかいったトリックは、あの閂には通用しない。そうなると扉を突破する方法は力業《ちからわざ》しかないが、かなり頑丈そうな作りで、たとえ力自慢の大男が体当たりをしても破壊は難しいだろう。ちなみに扉と外側の枠の間には、ノコギリを差し込むような隙間もなかった。しかも閂錠は、ご丁寧に上下に二つも取りつけられている。

綾音の説明を聞いた伊織は、少し考えこんでから、「わかったわ。そうしましょう」と言った。三人はそれぞれ、衣服や貴重品、食料など、離れの塔へ持っていくものをまとめることにした。

（やれやれ、美喜さんのせいで、ちょっとした引っ越し作業だな）

最初に綾音が考えた計画では、離れの塔へ避難するような予定はなかったという。

しかし、美喜が〝密室殺人〟を譲らなかったせいで、〝犯人がなんらかの手段を使い、また館の中に侵入してくる可能性〟が生まれてしまったのである。

綾音が黙っていれば、伊織はその〝可能性〟に気づかなかったかもしれない。しかし、もしもこの後、伊織が突如としてその〝可能性〟に気づき、「今すぐ離れの塔へ逃げましょう！」とでも言いだしたら、サプライズ計画的にはとても困ったことになる。塔の一室には美喜たちが寝泊まりしているのだから、その痕跡を消すには、五分や十分では無理だろう。

だから綾音は、〝生存者〟たちの塔への移動も、前もって計画に組み込むことにしたのだそうだ。今頃は美喜と明日菜の二人で、使った客室の原状回復を完了させているに違いない。

準備が整うと、三人で館を出た。まだ午前中だが、ムワッとした真夏の熱気がまとわりついてくる。背負った荷物の重さもあって、たちまち汗が噴き出してきた。

武器のフライパンを片手に持ち、強張った表情で辺りを警戒し続ける伊織。誠と綾音もそれを真似しながら歩いていき、ほどなく離れの塔へ到着する。

塔の正面の扉には内側の閂錠しかなく、外側から鍵をかける手段がないので、普段は誰でも自由に出入りができる状態だ。もしも殺人鬼がいるなら、この塔の中に隠れている可能性は高い——ということになる。

まずは地下室からチェックしていくこととなった。綾音は、「わたくし一人で調べてきます」と言った。もしも全員で調べているところに殺人鬼が下りてきたら、逃げ場のない地下室に三人とも追い詰められてしまうから——という理由だった。

もちろん本当の理由は、地下室に美喜と明日菜の死体が置かれていないからである。それを伊織に見られたくなかった。美喜と明日菜はすでに塔を出ていて、今頃は島の森にある遊歩道を使い、本館の方へ向かっていることだろう。サプライズが終了するまで、今度は彼女たちが本館に泊まるのだ。

綾音は何食わぬ顔で地下から戻ってきて、「お二人のご遺体以外はなにも——誰もいませんでした」と報告した。

その後は一階から上へと、順番に調べていく。美喜と明日菜はかなり頑張ってくれたようで、一階のトイレも、二階から四階までのどの客室も、誠たちがこの島に来たばかりのときと同じように、綺麗に整えられていた。ベッドのダウンケットやシーツには、使用済みをうかがわせる微かな皺が残っていたが、それは美喜たちがここにいたことを知っている誠だから気づけたことで、現に伊織は、特に違和感を覚えている様子もなかった。

どの部屋の窓も、縦長の上げ下げ窓で、横幅が三十センチほどしかなく、大人がここから出入りすることはまず無理だろうと思われる。最上階まで行くと、全員で屋上にも出てみた。

伊織は、屋上の縁の出っ張りから身を乗り出して、塔の壁を見下ろす。レンガ造りの壁面にはとっかかりもなく、地上から十数メートルのここまでよじ登るのは人間業ではないだろう。屋上へ出るための扉には、公衆トイレなどでよく見るような簡素なスライド錠しかついていなかったが、それもそのはずだと誠は納得した。ここから塔内へ侵入してくる者がいるなど想定していないのだ。

さらに伊織は、大海原に視線を巡らせた。陸地は遙か遠くの水平線にあり、そして豆粒のような二艘の船がぽつりぽつりと見えていた。漁船だろうか。ここから声を振り絞って叫んでも、到底届かないだろう。伊織は悔しげに溜め息をこぼした。

それでも、塔の中のすべての部屋をチェックし、ベッドの下にも、クローゼットの中にも、誰も隠れていないことを確認すると、伊織も少しは安心したようだった。

「それでは、わたくしが二階の部屋を使わせていただきます」と、綾音が言った。

「誠さまは三階、伊織さまは四階の部屋をお使いください」

離れの塔の部屋にはエアコンがないので、せめて風を通すために、窓を開けないわけにはいかない。人が侵入できそうな大きさの窓ではないが、それでも万が一のことを考え、一番リスクの低い最上階を伊織にあてがった——ということである。

責任感が強く、家政婦の仕事に忠実な綾音らしい配慮だ。

誠たちは、自分たちの荷物をそれぞれの部屋に運んだ。綾音が、館から持ってきた食材を地下の食料貯蔵室へ収めていき、誠と伊織もそれを手伝った。隣の部屋——美喜と明日菜の遺体が置かれていることになっているワインセラーは、先ほど綾音が一人でチェックした後に鍵をかけてしまったそうだ。

「明日菜さまのご遺体にはナイフが刺さったままです。殺人事件の凶器ですから、厳重に保管するべきだと思いましたので」と、綾音は言った。

離れの塔には冷蔵庫がないので、生ものの類いは持ってこなかった。その後の昼食も、夕食も、缶詰を使った料理がほとんどだった。

夜も更けた頃、誠は自室で、上げ下げ窓を全開にし、煌めく星空を眺めていた。

この島に来た初日の夜のバーベキューを思い出す。あのとき見上げた夜空と、今のこの場所からの眺めは、なにも変わらない。なのに誠の心は、その美しさをまったく感じられなかった。

（……綾音さん、まだ姉さんに本当のことを言わないのか）

やはり当初の予定どおり、サプライズであることを告げるのは明日にするのだろう。つまり伊織はまた、恐怖と悲しみに暮れる夜を過ごさなければならないわけだ。誠は胸が苦しくなる。ああ、夜の潮風はとても心地良いはずなのに。

普段は気の強い伊織だが、あれで意外と怖がりなのだ。今は亡き義父の話では、子供の頃に遊園地のお化け屋敷に入って、お漏らしをしてしまったこともあったという。大人になった今でも、ホラー映画などは絶対に観ない。

（やっぱり、これ以上は姉さんが可哀想だ）

先ほどの夕食の間、伊織は一言も発さなかった。うつむいたまま、ずっとなにかを思い詰めている様子だった。少しやつれているようにも見えた。

誠は決意する。綾音と話し、サプライズ計画はもう終わりにしてもらおう――

と、そのときだった。部屋のドアがノックされた。

「あ……はぁい」

返事をし、部屋を横切って歩く。が、誠が開けるより先にドアは開いた。離れの塔の客室に鍵はなく、簡素な掛け金錠も備えつけられていなかった。

そこに立っていたのは、伊織だった。

彼女はなにも言わずに室内に入って、ドアを閉める。

「ね、姉さん、どうしたの？」

「私、今夜はここで寝るわ」

え……？　と、誠は戸惑う。しかし伊織はお構いなしに部屋の中を歩いていき、ベッドの前で靴を脱いだ。この塔の中は、土足フリーの欧米スタイルなのだ。

伊織はどこかの国のお姫様みたいな、ワンピースの白いネグリジェを着ていた。足首の辺りまで届く裾には、上品なレースの刺繍が施されていて、ちょっとしたドレスのようにも見える。

ダウンケットをめくり、爪先から身を滑り込ませる伊織。

怒っているのか恥ずかしがっているのかよくわからない表情の彼女は、上半身を起こした格好で、じろっと誠を見据えてきた。

そして、自分の隣をポンポンと叩いた。

2

多分、姉は、一人で寝るのが怖くて、我慢できなくなったのだ。

まるで小さな子供のようだが、しかし無理もないことだ。彼女にとっては、友達を二人も喪《うしな》い、そして自分も殺されるかもしれないという状況なのだから。

「早く電気を消してちょうだい。私、明るいと寝られないの」

「わ、わかったよ……。着替えるから見ないで」

仕方ないと誠は観念し、急いでパジャマに着替えた。部屋の灯りを消し、窓から射し込む月明りを頼りに寝床へ入っていく。枕は彼女に占領されていた。

本館の客室のベッドはクイーンサイズだったが、こちらはせいぜいダブルだ。自然と互いの身体は接近する。ちょっとでも身じろぎしようものなら、肘や踵《かかと》が、姉の身体のどこかに触れた。

ダウンケットの中に二人分の体温がこもっていく。姉の身体から漂う甘酸っぱい香りを、こんなにはっきり嗅いだのはいつぶりだろう。誠の胸に、懐かしい感情が込み上げてくる。心臓がどんどん高鳴っていく。

そのことを見抜かれたくなくて、誠は姉に背を向けようとした。しかし、許されなかった。「駄目よ、こっちを向いて寝なさい」と言われてしまう。

やむを得ず、そのようにすると、月明りが滲む暗闇の中で、姉の切れ長の瞳が仄かな光を宿していた。枕に横顔を載せて、彼女もこちらを向いていた。表情まではわからなかったが、その視線ははっきりと感じる。誠はたまらなくなった。

心を落ち着けよう、早く寝てしまおうと目を閉じる。すると、伊織が静かに語りかけてきた。「昔は、よくこうやって一緒に寝たわね」

「う……うん」

そうだった。誠が九歳で、まだ皆口家に来たばかりの頃、十八歳の大学一年生だった伊織は、「お姉ちゃんが一緒に寝てあげる」と、毎晩のように添い寝してくれたのだった。

伊織は、また続ける。「でも、誠が小学校六年生のときだったかしら。急に一人で寝るって言いだして……あれはどうしてだったの？」

「それは……」

誠の脳裏にかつての記憶が生々しく蘇ってくる。

嫌な思い出だというのに、やたらと熱量があって、たちまちたちまち顔中がカーッと火照った。誠が口ごもっていると、代わりに伊織が答えを言ってくる。

「私と一緒に寝ていて……夢精しちゃったから？」

誠は思わず目を見開いた。ああ、姉さん、気づいていたのか。

誠が小学六年生にもなると、姉を異性として強く意識し、一緒に寝ていて勃起までするようになった。

そしてある日、とうとう夢精してしまったのだ。

「あれは……だって、姉さんが僕のことを抱き締めるから」

ただ並んで寝るだけならまだしも、伊織は誠のことをまるで抱き枕のようにしていた。ネグリジェの布地越しに、柔らかな乳房を顔に押しつけられ、誠は子供ながらも興奮してしまったのだ。

伊織はくすっと笑うと、ダウンケットの中で手を伸ばしてくる。彼女の手が、誠の肩に触れた。二の腕を滑って、肘に触れた。手首に触れた。誠はドキッとして、石像のように身を固くした。

「それってつまり……このオッパイのせいだって言いたいの？」

伊織は誠の手をつかんで、自身の胸元に導いた。

ネグリジェの布地を通して誠の掌に伝わってくる、柔らかな感触。

まるでマシュマロのような、実に豊かな弾力の膨らみだった。大きさは、ちょうどこの掌に収まるくらいだろうか。

(姉さん、なにを……⁉)

十年前と違い、今の誠は、少なくとも年齢的には成人している。もう子供ではないのだ。そんな弟に自分の胸を触らせるなんて、いったいどういうつもりなのか。

（もしかして、こんなことをしてもいいってこと……？）

誠は恐る恐る一揉みしてみた。指先が心地良く跳ね返される。

反応がないので、ムニュッ、ムニュッと、さらに揉んでみた。しかし伊織は怒ったりせず、じっとして黙したままだった。

誠はその膨らみを、そっと撫でてみた。くぅん——と、伊織は仔犬のような声を漏らして、微かに身を震わせた。その反応が妙に可愛くて、誠はさらに撫で続ける。乳丘の上で、ネグリジェの布地がなめらかに滑る。

やがて、誠の掌になにか硬いものが当たってきた。考えるまでもない。乳首だ。親指と人差し指でキュッとつまむと、伊織は小さな悲鳴を上げ、さっきよりもはっきりと女体を戦慄かせる。

「ひっ……うふぅん……あ、あうっ……」

かなり敏感なようで、乳首はたちまち肥大し、コリッとした感触を指先に伝えてきた。誠はつまんだそれを軽く左右にひねりながら、彼女に囁く。

「姉さん、すっかり硬くなったよ」

「バ、バカッ……そんなこと、いちいち言わないで」

恥ずかしそうに顔を逸らす伊織。姉をやり込められることなど滅多にないので、誠はちょっといい気分になった。だが、やられっぱなしでいるような姉ではない。彼女はまた手を伸ばしてきた。今度は、誠の股間に。

モチモチの姉乳に興奮したことで、陰茎はすでにかなり充血しており、パジャマズボンの前を張り詰めさせていた。それを、姉の手がギュッと握ってくる。

「な、なによ、そういう誠だってもうこんなに……え、えっ、やだ、あなたのアソコ、大きすぎない⁉」

なにかの間違いではないかと、それを確かめるように、伊織は力を入れて何度も握り直した。そのたびにペニスには甘やかな快美感が走り、姉の掌の中で限界まで膨張していった。

「うぅ、姉さん……そんなに握り締められたら、僕、もう……」

さすがに射精するほどではなかったが、姉の手によってもたらされる肉悦は、背徳感を伴《ともな》って官能を昂ぶらせた。早くもジュワッと先走り汁をちびってしまう。

「あ……ご、ごめんなさい」

屹立を握る手筒が緩む。だが伊織は、まだその手を放そうとはしなかった。

半分開けたままの窓から、波が岸壁に当たって砕ける音が、穏やかな潮風と共に室内へ流れ込んでくる。しばらくして、伊織はこう言った。

「ねえ……しちゃう？」

「えっ？」

伊織はむくりと身体を起こし、サイドテーブルに手を伸ばす。テーブルランプの灯りを点ける。

そして立ち上がり――ネグリジェの裾をめくり上げた。ぼんやりとしたオレンジ色の灯りの中で、細身《ほそみ》の美脚がすねから順に露わとなっていく。

ネグリジェに合わせたようなレース入りの真っ白なパンティ、小気味良くくびれたウエスト。唖然とする誠の前で、ネグリジェの裾は胸元までたくし上げられた。やはりブラジャーはつけておらず、お椀型の美しい乳房が明るみに出た。

（凄く、綺麗だ……）

上半身は少女のようにスレンダー。しかし腰回りは、大人の女らしい豊かな曲線を描いている。細身の脚だと思っていたが、こうして直に見ると、太腿はなかなかにムッチリと肉づいていた。

少女と大人の中間ではなく、その両方の魅力が共存している。清らかにして、艶めかしい――人ならざる美の女神を思わせる肢体だった。テーブルランプの柔らかな灯りに照らされ、まるでオーラを発しているみたいに神々しく輝いている。

誠は、彼女の足元にひざまずくような格好で見とれていた。ネグリジェを脱いだ彼女は、続けてパンティも両足から引き抜き、女体をあからさまにすると、

「なにしているの、誠も早く脱ぎなさい」と、身をかがめて迫ってくる。

自分だけ脱いだのが恥ずかしいのか、伊織はちょっとムッとしていた。それでも、胸元も股間も隠そうとはしない。それは彼女の覚悟の表れだろう。

「いや、だって……まずいよ、姉弟なのに」

姉の勢いにひるんで誠が身を引くと、伊織はその分、にじり寄ってきた。たちまちベッドの端まで追い詰められてしまう。

「いいじゃない。どうせ血は繋がっていないんだから」

「そ、そういう問題じゃ……」

拒みながらも、誠は姉の裸体から目が離せなかった。パジャマの股間は張り詰めたままだ。正直な気持ちをいえば、もちろんセックスしたいに決まっている。

しかし、もしここで姉と交わってしまったら、その後はどうなるだろう。

今の姉は、悲しみと恐怖の極限状態で少しおかしくなっているようだった。一時の気の迷いでセックスをしてしまったら、このサプライズの後、きっと彼女は後悔する

だろう。下手をしたら、もう元の姉弟の関係には戻れないかもしれない。

そう考えると、ここで性欲に流されるわけにはいかない気がした。

だが、きっぱりと拒絶することもできない。それだけ伊織は魅力的だったし、それにこれまでの十年間で刷り込まれた弟根性が、姉に逆らうことを躊躇わせた。

すると、煮え切らない態度の弟を、伊織は目尻を吊り上げて睨みつけてきた。

「……私のオッパイがもっと大きかったら良かったの？」

「え？」

「裸の女を目の前にして、姉弟だからとか、そんなつまらないことを気にするなんて、私に魅力が足りないってことでしょう？」

それは違うよ！　と、誠は否定しようとする。

が、矢継ぎ早な彼女の言葉が被さってきた。「あなた、美喜や明日菜さんの胸をチラチラと見ていたでしょう。綾音さんの胸も、普段からよく見ているわよね？」

それは本当のことだった。誠はぐうの音も出なくなる。

「あの人たちに比べたら、そりゃあ私は小さいわよ。でも、これでもかなりD寄りのCカップなのよ。世間的には平均サイズなんだから」

不服を申し立てるように、伊織は胸元をグイッと突き出してきた。形良い双乳が、誠の目の前でプルンと揺れる。

乳首は鮮やかなローズピンクで、充血しているせいもあってか、なかなかの存在感だった。小指の爪くらいの大きさはある。ぷっくりと丸みを帯びた下乳といい、未成熟の小娘のそれとは違う、歴然たる大人の女の乳房だ。

誠は鼻から熱い息をフーッと噴き出す。そして、正直に答えた。

「確かに、その……巨乳ではないけれど、僕は姉さんのオッパイも好きだよ」

「〝姉さんのオッパイも〟？　〝姉さんのオッパイが〟じゃなくて？」

「そりゃあ、まあ、僕だって男ですから——」厳しく問い詰めてくる姉に、誠は苦笑を返す。「大きなオッパイが好きじゃないって言ったら嘘になるよ。でも、姉さんのオッパイも巨乳と同じくらい好きだよ」

誠は片手で、目の前の乳房に触れた。先ほどのネグリジェ越しとは違い、なめらかな乳肌の感触が、掌に直に伝わってくる。伊織はその手を咎めず、ただ小さな声で、「あん……」と呟いた。

「形が凄く綺麗だし、張りがあって、揉み心地もいいよ」

親指と人差し指の股ですくい上げるようにしながら、下乳の弾力を愉《たの》しみ、そして乳丘の頂に息づく突起を指先で転がした。伊織は悩ましげな表情になって、ビクッビクッと肩を震わせる。

「姉さんは乳首がとっても敏感なんだね。そういうところも好きだよ」

「バ……バカぁ……あう……んんっ……ああん、それ、つまんじゃ、ダ、ダメぇ」

頬を赤く火照らせ、困り顔でイヤイヤと首を振る伊織。

さっきは暗くてよく見えなかったけど、そうか、こんな表情だったのかと、誠はその色っぽさに見とれた。自分の指が、姉をそんな表情にさせていると思うと、弟心が沸々と昂ぶった。

パジャマズボンの中では男根がさらに疼きだし、ボクサーパンツの内側が先走り汁でどんどん湿っていくのが亀頭の感触でわかる。

「あっ、あっ……やだぁ、誠ったら、なんだか……んんぅ、上手すぎない……？　もしかして、経験あるの……？」

「……姉さんの乳首が敏感すぎるんだよ」

曖昧に誤魔化すと、硬くなって赤みの増した肉突起をキュッとつまんだ。

「くううっ……ひ、人をスケベ女みたいに言わないで……！　誠の指が、んふぅ、はふぅ、い、いやらしすぎるのがいけないのよぉ」

そう言いながらも、伊織は弟の指のなすがままにさせている。

いつしか物欲しげな眼差しで、彼女は誠を見つめていた。反対側の乳首もして、もっと気持ちいいことして──誠には姉の声が聞こえてくるようだった。

（ええい、もう知らないっ）

沸き立つ情欲にこれ以上は抗《あらが》えない。誠は覚悟を決めて、彼女に尋ねた。「姉さん……舐めてもいい？」

「え……ええ」一瞬、躊躇いの様子を見せながらも、すぐに頷く伊織。

ベッドに仰向けになった彼女へ、誠は覆い被さっていく。上向きになったCカップの乳房は、まるで皿に載せられたプリンのようで、誠は口内に溢れてきた唾をゴクッと飲み込み、膨らみの頂上に顔を寄せる。

と、女体から立ち昇る馥郁《ふくいく》たるアロマが、鼻腔に絡みついてきた。柑橘類《かんきつるい》を思わせる、甘酸っぱい女のフレグランス──だけではなく、そこには潮の香りにも似た芳《こう》ばしいものも含まれていた。

ああ、なるほどと、誠は彼女が躊躇った理由を理解する。

この離れの塔には浴室がないし、そういえば彼女は、昨夜も風呂に入っていなかった。そしてエアコンの効いた館を出て、今日一日、たっぷりと汗をかいたはずである。その身体を舐めさせることに抵抗があったのだ。

それでも拒絶しなかったのは、彼女も肉悦に逆らえなかったということだろう。

誠は姉のいやらしさにニヤリとし、まずは乳房の中腹辺りをペロッと舐めてみた。控えめとはいいがたい塩気を感じたが、それもまた美味。乳肉の柔らかさを舌で愉しみながら、少しずつ頂へ向かって舐め進めていった。

「あぁ……うぅん、もう……」

伊織は焦《じ》れったそうに身をくねらせ、吐息を熱っぽく乱していく。

舌粘膜がいよいよローズピンクの突起に触れると、「ひゃうっ」と可愛らしい奇声を上げて、その身を震わせた。

乳首や乳輪には、さらに濃厚な女体の風味が染みていた。誠は鼻腔へ抜ける牝フェロモンに昂ぶりながら、舌と口をせっせと使って舐めしゃぶる。

「あ、あっ、気持ちいい……乳首を舐められて、こんなに感じちゃうなんて……誠、もっとぉ、あ、ウウウッ！」

充血しきった勃起乳首にそっと甘嚙みを施すと、伊織は手足の先まで戦慄かせて身悶えた。それから誠の後ろ頭を抱え込み、乳丘にギュッと押しつけて、もっともっととせがんでくる。

どうやら甘嚙みがかなりお気に召したようである。誠は口いっぱいに乳肉を頰張ると、乳首だけでなく乳輪にも前歯を食い込ませていく。

「んぅ、んんっ……うふうぅ、もっと、もっと強くうぅ……！」

言われるままに顎に力を込め、ついにはガムでも嚙むみたいにしたものの、伊織は声を震わせて悦ぶばかりだった。誠は反対側の乳首も嚙み潰しつつ、片手を伸ばして彼女の股座を探る。

（もうグチョグチョだ）

誠は乳房から口を離し、彼女の足元に移動した。美しきコンパスを広げさせ、その間に身をうずめる。テーブルランプの陰になって肉溝の様子はよく見えなかったが、しかし、かなりの量の女蜜をたたえているのは間違いない。

四つん這いになって鼻先を寄せてみる。濃厚で刺激的な牝の恥臭に顔面を撫で上げられ、誠は思わず目をしばしばさせた。

「や、やだ、そんなに顔を近づけないで。お風呂に入ってないんだから……」

なにを今さらと思う。芳しき彼女の体臭を、誠はすでに存分に嗅いでいた。

己の体臭というものはなかなか気づきにくいものだから、伊織も、自分がそこまで強く匂っているとは知らずに、誠のベッドに潜り込んできたのかもしれない。

それでも、さすがに丸二日洗っていない排泄器を嗅がれるのは抵抗があったのだろう。伊織は誠の頭を、股座から押し返そうとする。

しかし誠は、ほどよく肉づいた太腿にしがみつき、押し返そうとする力に逆らいながら、パンティの中でたっぷりと蒸らされ、熟成された牝肉の香りを、胸一杯に吸い込んだ。

まるでバットかなにかで殴られたみたいに、後頭部がジーンと痺れる。

めまいがするほどの強烈さ。高濃度の牝フェロモンに獣欲をそそのかされ、誠は肉汁を滴らせる割れ目にかぶりついた。その内側をベロベロと舐め回し、女蜜漬けとなった花弁を味がなくなるまでしゃぶった。

「いやあぁ、ダメ、ダメッ……き、汚いわ！　そういうことは普通、綺麗に洗ってからするものなの……あ、あぁ、やめなさい、こらぁ！」

「平気だよ、僕は全然気にしないから。姉さんのオマ×コの匂い、別に臭いとは思わないし——それに塩味が利いていて美味しいよ……んむっ」

嘘ではない。この美しき姉の身体の一部が、たかが一日、二日、風呂に入らなかったくらいで汚くなるとは思えなかった。

それに、二日洗っていない陰部へのクンニは、昨夜、美喜を相手に経験済みである。あのときだってちっとも嫌悪感はなかった。伊織に対してはなおさらだ。牡の官能が荒ぶっているせいかもしれないが、今なら姉の小水を飲むことだってできそうな気がした。

「バカ、バカッ、そういう問題じゃ……は、はひぃっ」

誠はお構いなしに、女の急所を内包したベールを舐め上げる。

舌先で弾くように、下から上へせっせと舐め転がした。伊織は「いやぁ、いやぁん」と、なんとも切なげな媚声を漏らして身悶えた。誠の頭を押し返そうとする彼女の手から、みるみる力が抜けていった。

なかなか包皮がめくれないので、誠はもどかしくなって指先でずり上げた。桃色の肉真珠がツルンと顔を出す。パンパンに張り詰めたそれを直に舐めると、伊織はますます乱れ狂った。

「ああぁん、汚いから駄目なのにぃ……こんな、くうぅ、クリが気持ち良すぎて、あ、あっ、頭がバカになっちゃう、あううぅん」

虐められて泣いている子供のような声を上げつつも、クリ責めの悦によって、くねくねとはしたなく腰を蠢かせる伊織。

十年間、姉として見てきた人のあられもない痴態に、誠は倒錯した興奮を覚える。

さらに彼女の啼き声には、男の嗜虐心《しぎゃくしん》を妙にくすぐるものがあった。誠は込み上げてくる衝動のままに舐め上げ、舐め転がし、今にも弾けそうなくらい膨らんだ肉豆へしゃぶりついて吸引する。頬が凹むほどに容赦なく。

「いやあぁっ！　ゆ、赦して、誠、それ以上は……あぁぁ、それ以上はぁ！」

伊織の絶頂が近いことを、誠は牡の本能で察した。

(気が強くて、プライドの高い姉さんが、僕のクンニで……イク？)

興奮のあまり、誠は自分が抑えられなくなる。昂ぶりに任せて、コリコリになった勃起豆にグッと歯を立てた。軽くではあったが。

女の最も敏感な器官だというクリトリスは、痛みに対する感度もさぞ高いのだろう。

案の定、伊織は発作の如く四肢を引き攣らせて、「ヒイイッ！」と悲鳴を上げる。

が、その声には、苦悶以上に喜悦がこもっていた。

(乳首だけじゃなく、こっちも噛まれるのが好きなのか……？)

誠は肉蕾に前歯を食い込ませては、よしよしと舌でなだめる。

彼女の悲鳴はより鬼気迫るものになっていった。噛まれるたびに女体をギューッと強張らせて仰け反り、そして優しく舌であやされると、彼女はうっとりしたような吐息を漏らすのである。緊張と弛緩《しかん》、緊張と弛緩――

「あぁ、あぁぁ、もうダメ、次で、次でイッちゃう……はぁ、はぁ、ふぅぅん」

いつしか全身汗だくになって、ゼエゼエと喘ぐ伊織。それはゴール間際のマラソンランナーのようであり、繰り返される拷問によってぐったりしている罪人のようでもあった。

(嚙まれても感じちゃうなんて……姉さん、普段からどんなハードなオナニーをしてるんだろう。道具とか使っているのかな?)

誠の脳裏に、超強力なローターを股間に押し当てて悶えまくる姉の姿が浮かび上がる。そんな妄想にますます興奮して、とどめとばかりに、もはや甘嚙みとはいえないほど前歯を食い込ませてしまった。それでもなお、伊織の口から溢れる悲鳴は艶めかしい。

だが、〝次でイッちゃう〟という彼女の予告どおりにはならなかった。二十代後半の熟し始めた女体は、本人が思う以上の貪欲《どんよく》さで、より大きな肉悦を求めているのかもしれない。ならばと誠は、射精寸前のペニスの如く脈打つ肉突起をもう一嚙みする。続けてまた一嚙み、さらに一嚙み——

「ふぎいぃぃ、イッ、イクーッ!!　イイッ、んっ、んおおぉ……!!」

すると伊織は、ようやくアクメの淫声をほとばしらせた。M字に開いたコンパスの足首をピーンと伸ばし、ムチッとして張りのある太腿を狂おしげに戦慄かせる。

オルガスムスの反応は、ベッドを揺らし、空気を揺らし、室内を騒がせた。だが、それもやがては治まり、最後に残った伊織の荒々しい息遣いも、外から聞こえてくる潮風と波の音にまぎれていった。

誠はゆっくりと身体を起こし、彼女を見下ろす。

ひっくり返ったカエルのような格好で手足を投げ出し、股座はぱっくりと開いたまま。普段は凜とした美貌も今やすっかりアヘ顔状態で、乱れた前髪が幾筋も、汗まみれの額に張りついている。焦点《しょうてん》の合わぬ瞳は随喜の涙に溺れ、唇の端からこぼれたよだれが跡を残していた。

そんなみっともない有様を目にしながら、それでも誠は姉を綺麗だと思う。綺麗で、恐ろしいほど艶めかしかった。凄艶とはまさにこのことだろう。

自分の姉を舌戯で絶頂させるという背徳的な達成感と共に、誠は牡の官能をかつてないほど昂ぶらせていた。身体中の血が熱くたぎるほどに。

股間のモノがズキズキと疼いた。先走り汁の恥ずかしい染みは、パジャマズボンの外側までくっきりと現れていた。誠は逸る心のまま全裸になって、ガチガチに怒張した肉棒を、伊織の股座のスリットに押し当てる。

「いくよ、姉さん……！」

アクメの余韻に呆然としている伊織には聞こえなかったかもしれない。返事はなかったが、誠は構わず腰を突き出した。一刻も早く、姉の中に潜り込みたかった。

が、そこで若牡の勢いに待ったがかかる。

なぜかペニスが膣口をくぐり抜けられなかったのだ。亀頭が入り口に引っ掛かって、まるで通せん坊されているみたいだった。

女蜜の量はもう充分すぎるほど。テーブルランプの陰になっていても、それは亀頭に当たる濡れ肉の感触でわかった。じゃあ、なんで入らない？　穴の位置を間違えているのか？　誠は割れ目に沿ってペニスを上下に滑らせてみるが、他に膣口らしき窪みは見つからなかった。

最初に狙いを定めたところへもう一度亀頭をあてがい、さっきよりも力を込めて挿入を試みる。が、それでも鈴口の辺りが軽く埋まる程度で、やはり引っ掛かった。誠の心に焦りが浮かんでくる。

と、いつしか伊織が苦しげに顔をしかめていて、こう言った。

「くうっ……い、いいのよ、誠、そこで合っているわ。構わないから、そのまま思いっ切り来て」

「え……う、うん、わかった」

誠は言われたとおり、さらに強い力で腰を押し出そうとする。美喜や綾音、明日菜とセックスしたときは、これほどの力は必要なかった。こんなに無理矢理にして大丈夫だろうか、アソコを傷つけてしまうのではと、不安を覚えた。

そして気づく。まさか、もしかして——

「姉さん、セックスするの、初めてなの……？」

「……悪い？」

伊織は否定しなかった。

3

伊織が処女と知った途端、ペニスにみなぎっていた力感が失われていった。

処女が嫌いというわけではない。彼女の初めてを頂くという重責に尻込みしたのだ。

誠自身も数日前までは童貞だったというのに、処女の相手なんて荷が重すぎる。

忘れていた倫理観も、今になって蘇ってきた。

「それはさすがに……駄目だよ。初めての相手が、弟の僕なんて」

ここまでにしようと思った。が、誠が後ろに下がろうとするその前に、伊織の両脚が素早く誠の腰を絡め取り、逃げられないようにした。

「ね、姉さん⁉」

「だ……駄目よ、続けなさいっ」伊織は瞳に焦燥感を滲ませ、睨みつけてくる。「私が処女のまま結婚したら、いったいどうなると思うの？　初夜に、あの人に嗤《わら》われるかもしれないじゃない」

この女、二十八にもなって処女なんて、どれだけモテなかったんだ？　と。

「そんな、別にそうと決まったわけじゃ……。むしろ姉さんが初めてだったら、あの人、喜ぶかもしれないよ？」

だが伊織は、力強く首を横に振った。「あの人は、今さら処女に喜ぶような人じゃないわ」「一見真面目そうだけど、裏でかなり遊んでいそうなタイプだもの」と熱弁する。

確かに伊織の婚約者は、結構なイケメンだった。そのうえ、いわゆるSランク大学の出身で、さらには有名自動車メーカーの一族というのだから、きっとこれまで相当にモテてきたことだろう。中学や高校時代には、喜んで処女を捧げようとする女子が周りにたくさんいたのではないか。その可能性は否めない。

特にイケメンではない誠でさえ、言い寄ってくる女子は、少なからずいるにはいたのだ。高校や大学で、最初は目も合わせてこなかったのに、誠が有名な貿易会社の子だと知るや、急に身体を擦り寄せてくるのである。

そういうことがあって誠は、同じ年頃の女子に不信感を覚えるようになってしまったが、金持ちの子の役得だと割り切って、とっかえひっかえセックスしてしまうという選択もあったかもしれない。

だから、伊織の言うことを否定しきれなかった。

「ね、わかるでしょ？　ああいうタイプの男は、もしも私が処女だったら、間違いなく馬鹿にしてくるわ。誠は自分の姉が、あんな奴に馬鹿にされてもいいの？」

「ね、姉さんの結婚相手でしょう。あんな奴なんて……」

薄々気づいてはいたが、姉は、自分の婚約者を気に入っていないようである。

正直にいえば、誠も好きではなかった。これまでに何度か、姉の婚約者と顔を合わせたことはあったが、彼は誠が元は庶民の子――皆口家の血を引いていない連れ子だとわかると、途端に態度を変えた。こちらが挨拶をしても無視するようになり、さらにはまったく目を合わせなくなった。

（確かにあの人は、姉さんが言うような男なのかもしれない。もしそうだったら、赦せないな）

考えただけで怒りが沸々と湧いてくる。そんな奴に姉の処女を奪われるなんて、癪《しゃく》に障《さわ》った。それなら——

「わかった。姉さんの初めて、僕がもらうよ」

誠は半分萎えてしまった肉茎を、伊織の股間のクレヴァスになすりつける。絡め取った女蜜を塗り広げるように、指の輪っかで雁首をヌルヌルと擦った。すぐさま若勃起は回復した。

張り詰めた亀頭を再び肉裂の窪みにあてがい、覚悟を決めて腰を押し出す。

「ううぅ、い、痛い……でも、やめちゃ駄目よ……もっと、強く、押し込んで、突き破るの……！」

破瓜《はか》の苦しみに四肢を強張らせ、美貌を歪める伊織。その有様に誠は胸を痛くするが、それでも彼女の腰を両手でがっちりとつかんで、前のめりになってペニスに体重を乗せていった。

少しずつ亀頭が埋まっていく感触があった。次の瞬間、引っ掛かりが外れたみたいに、雁エラの辺りまでズズッと潜り込んだ。さらに力を込めれば、後はあっけなく雁のくびれまで埋没した。

「グ……グウッ……!!」

麻酔などなく、鋭利な刃物も使わず、力づくで肉を裂かれる痛みとはどれほどのものだろう。まして彼女を貫いたのは、人並外れた極太のペニスだ。伊織はもはや悲鳴を上げることもできないようだった。

「ご、ごめんなさい……」と、誠は謝らずにはいられなかった。

伊織は苦しげに眉根を震わせながら、首を横に振る。

「いいのよ、気にしないで……。思っていたより痛くなかったから」

「でも、泣いているじゃない……」

太マラが処女肉を引き裂いた瞬間、切れ長の瞳がギュッと閉じられ、大粒の涙がこぼれ落ちたのだ。

伊織は手で涙を拭い、目元をさらにゴシゴシと擦った。

それが終わると、彼女は照れくさそうにちょっとだけ笑ってみせた。

「バカ……嬉しくて泣いたのよ」

「……え？」

普通なら、初体験は好きな男としたいものだろう。弟相手に処女を散らした彼女の気持ちが、誠にはわからなかった。そんなに初セックスをしてみたかったのか？　処女を捨てられて、泣くほど感動したのか？

（まあ、痛みを我慢して強がっているだけかもしれないけど……とりあえず後悔はしてないみたいだから、僕も良かった）

ほっとすると、今度は姉の処女を奪った興奮がじわじわと込み上げてくる。

それは背徳の喜びだったが、彼女の初めての男になれたことを光栄に思う気持ちもあった。世の道徳に反したというのに、純粋で清々《すがすが》しい誇らしさを感じていた。湧き上がる感情が、ペニスをさらに膨張させる。

伊織は手負いの獣のように呻きつつも、

「とにかく大丈夫だから……さあ、もっと奥まで来なさい」

「う……うんっ」

誠はズブズブと男根を潜り込ませていく。ただ、処女の肉門を突破しても、その後の挿入がスムーズになるわけではなかった。

なにしろ肉穴自体が狭いのだ。これまで一度も男を受け入れたことがなかったその穴は、狭くて、そして少し硬い。弾力性に富んだ明日菜の肉壺とは、まったくの逆だった。ペニスで押し広げ、強引に突き進むことはできたが、メリメリという膣肉の悲鳴が聞こえてきそうだった。

奥まで開通したら、彼女の呼吸が落ち着くのを待ってからピストンを始める。

クンニによって充分に濡れていたため、太マラはなんとか抽送可能だった。硬めの膣肉は、たとえば雁首の凹みにまで吸いついてくることはなかったが、それでも狭穴ゆえの強烈な摩擦感があった。伊織を気遣って、緩やかなストロークを心がけていたが、充分な愉悦がペニスを包み込んだ。

「うぅ……ね、ねえ……私のアソコ、気持ちいい？」と、伊織が尋ねてくる。

誠は腰を振りながら答えた。「う、うん、すぐにイッちゃいそう……。ごめんね、姉さん、僕だけ気持ち良くなって……おっ、おうぅ」

「ううん、いいのよ、誠が喜んでくれているなら、私……うふふっ、んんっ……い、いつでもイッてちょうだい」

伊織の表情には苦痛と幸福が入り交じっていて、誠の心を掻き乱す。

僕のために痛みを我慢してくれている。僕とのセックスに幸せを感じてくれている。

誠の心の中に、単なる姉弟愛とは異なる感情が生まれていた。処女穴の快感が背筋を走り抜けるたび、それはどんどん膨らんでいった。

ああ、姉さん、姉さん……！

ピストンを続けるうちに、硬く強張っていた肉壺も少しずつほぐれていく。まだスムーズな抽送というわけにはいかなかったが、それでも肉擦れの快感はぐんとアップした。下ろしたての膣襞が絡みついてくる感触も垂涎《すいぜん》ものだ。

射精感がみるみる高まっていく。だが、我慢する必要はない。誠が剛直を差し込むたび、引き抜くたび、破れたばかりの処女膜を擦り立て、激痛をもたらしているはずだ。ならばむしろ、早々に精を放って終わらせた方がいいだろう。

「イ、イクよ、姉さん……このままイッて、いい？」

「ええ、いいわよ……最後まで私の中で、気持ち良くなりなさい……う、んんぅ」

心なしか、彼女の顔つきがさらに艶めかしくなっているような気がした。

苦悶のさなかに幸福を見出しているような、菩薩や聖母の如き表情はそのままなのだが、そこになんともいえぬ色香が漂っているのである。

あるいは、これが本当の女の顔なのかもしれない。男を知って、彼女の中のなにかが目覚め、それが顔つきに表れているのかもしれない。誠はそんなふうに思った。

眉間に刻まれた一本の皺すら、色っぽく見える。これまでとは違う姉の美貌に見とれながら、誠は大波の如く押し寄せてくる感覚に身を任せた。

「はっ、はあっ、ふうぅ……出すよ、あぁ、出る、出るっ……ウウーンッ!!」

肉壺の底に鈴口を押し当てて、勢いよく樹液を噴き出す。熱いものが次々と尿道を駆け抜けていく快感に、奥歯を噛み締めながら酔いしれる。

「あっ、あぁぁ……誠のオチ×チンが、私のお腹の中でビクビクして……ああ、わかるわ、いっぱい出ているのね。射精って、こんなに凄い量なのね……！」

初めての膣内射精、男のエキスを女壺へ注ぎ込まれる感覚に、伊織も感動しているようだった。

腰を弓なりに絞って、最後の一滴まで出し尽くした誠は、気がつけば息を止めており、溜め息と共に全身を弛緩させる。

心地良い気だるさのまま結合を解くと、栓を失った膣穴からたちまちザーメンと本気汁が溢れ出した。会陰に向かってドロリ、ドロリとこぼれ落ちていく白蜜には、微かな赤色が交じっていた。

（僕、姉さんの初めてをもらったんだ）

そのことを改めて実感する。後ろめたいような、世界中に向かって自慢したいような、なんとも複雑な高揚感が込み上げてきた。

おかげでペニスは、萎えることなく勃ちっぱなし。静かに頭を持ち上げ、誠の股間の有様を目にした伊織は、「凄いわ……」と嬉しそうに呟く。

彼女はよろよろと起き上がった。そして、射精直後とは思えぬほど元気な若勃起を見据えながら、次は誠が仰向けになるよう促してきた。

「まだ、したいのよね？　今度は私が動いて気持ち良くしてあげる」

4

伊織は、第二ラウンドに騎乗位を提案した。自ら動いて、積極的に誠を悦ばせてあげたかったのだ。それに、ただ受け身になっているだけでは、姉の面目が保てないような気がした。

それに対し、誠は心配そうにこう言った。「大丈夫なの、姉さん。初めてだったのに、そんなに無理しなくても……」

「生意気言うんじゃないの。私だって、いろんなセックスの体位があることくらい知っているんだから。ほら、さっさと横になりなさい」

誠の心配は、ついさっきまで処女だった伊織に騎乗位などできるのか？　ということではなく、もっと純粋に姉の身体を気遣ってくれていたのかもしれない。

確かに、股座はズキズキと疼いていた。太マラによって無理矢理に拡張された膣穴は、未だ広がりっぱなしのまま——そんな感覚だった。あるいは、もう二度と元どおりには戻らないのかもしれない。

それでも構わなかった。誠がベッドに仰向けになると、非処女となった膣肉にさらに彼の感触を刻みつけるべく、伊織は騎乗位の体勢に入る。彼の腰をまたぎ、しゃがみながら肉棒を握り起こして、その先端を女陰にあてがった。あまりの痛みに媚肉が痺《しび》れていて、ここ？　それともここ？　と、膣口で亀頭を捉えるまで少しばかり手間取った。

なんとか見当をつけて、いざ腰を落としていくと、果たせるかな、剛直は肉壺にズブズブと潜り込んできた。裂けた処女膜が押し広げられ、擦られて、息が詰まるような激痛がぶり返す。もしかしたら二度目の挿入で、さらに傷口を広げてしまったのかもしれない。それくらい鮮烈な痛みだった。

しかし、奇妙なことに——ゾクゾクするような心地良さもあった。

痛みに慣れたのではなく、確かな快美感があったのだ。

（間違いなく痛いのに……でも、嫌じゃない）

実のところ、先ほど誠のピストンを受け入れていたときから、その感覚はじわじわと芽生えていた。自ら第二ラウンドを求めたのは、この不可思議な愉悦の正体を突き止めたいという気持ちもあったからだ。

伊織は、かつて好奇心から観た、インターネットのエロ動画のことを思い出す。それを真似して誠の脇腹辺りに両手をつき、蹲踞の姿勢でぎこちなくも腰を上下に揺らし始めた。

互いの肉が擦れ合う感覚は、痛みと共にはっきりと認識できた。だが、性感帯を刺激されたときの、まるで乳首やクリトリスそのものが悦んでいるような快感はない。にもかかわらず、身体の奥から高まってくるものがあった。甘美な掻痒感《そうようかん》が何度も背筋を駆け上った。

（私、もしかして……痛いのが気持ちいいの？）

そんなの変態ではないか。マゾヒストというやつだ。

しかし、否定はできない。現に伊織の身体は、この妖しくも奇妙な快感を欲して、着実に逆ピストン運動を励ましている。膝が勝手に屈伸し続けていた。

なんとも不思議だった。処女膜の裂け目を剛直で擦り立てれば、注射の針を刺されたときのように、カッターでうっかり指を切ってしまったときのように、痛いものは痛い。それなのにどうして身体は熱くなり、鼓動は早まり、相好《そうごう》が崩れてくるのか。幸福感が湧いてくるのか。

高校時代の陸上部の練習中に肉離れを起こしてしまったことがあったが、それが悦びになったりはしなかった。ただただ地獄の苦しみだった。

じゃあ、なぜ今は？

（もしかして、原因は誠……？）

大好きな相手との初めてのセックス。それをきっかけに、自分の中に眠っていた性癖が目覚めたのかもしれない。

伊織は誠のことが好きだった。継母の息子として初めて彼と出会ったときから、愛おしく思っていた。

最初は純粋に弟として可愛がっていたが、いつしか異性として意識するようになっていた。そのきっかけは、彼が伊織のことを、ただの〝姉〟ではなく〝女〟として見ていることに気づいたからかもしれない。思春期の少年の視線をその身に感じた伊織は、そのことをむしろ嬉しく思った。伊織自身もムラムラしてオナニーをするときは、誠のことばかり考えるようになった。

父親が亡くなるまでは、仕事に専念したいからと言い訳をして、独身を続けてきた。だが、結婚を避けてきた本当の理由は、誠のことを愛していたからだった。もし可能なら、誠と結婚したいと思っていた。

伊織は、思い切って自分の方から愛を告白しようかと考えたこともある。しかし、できなかった。誠は、伊織のことを異性として意識しつつも、恋愛対象とまでは見てくれていないようだったから。いくら血が繋がっていなくとも、彼にとって、姉は姉ということだろう。伊織の弟への愛を知ったら、あるいは彼は気味悪がって、姉を避けるようになるかもしれない。仲のいい姉弟としての関係が壊れてしまうかもしれない。伊織はそれを恐れた。

父親の亡き後、「婿を取って、皆口家の跡継ぎを産んでくれ」と、祖父から言われたとき、伊織は断れなかった。しかし、「結婚するなら、相手は誠がいいです」と、自分の本心を告げる勇気もなかった。

祖父が選んだ男との結婚が決まってからは、憂鬱な日々が続いた。結婚したら、当然のことながら、相手の男と子作りをすることになる。自分の初めてが、夫となる男に奪われるのだ。それが嫌だった。

自分の純潔は誠に奪われたい──そう思っていた。

だが、これまで一度も異性と付き合ったことのない伊織は、そういうことに関してとことん奥手。自分から弟を誘惑するなど到底無理だった。

友達が死に、自分も殺されるかもしれない──こんな異常な状況に追い詰められたことで、ついに伊織は一線を越えられたのだ。

今、彼のペニスによって、二人は文字どおり繋がっている。女体の中のずっと欠けていた部分がようやく埋められたような、なんともいえぬ充足感があった。

（美喜や明日菜さんが殺されちゃったっていうのに……）

不謹慎だとわかっていても、多幸感を禁じ得ない。スクワットの如き屈伸運動で腰を弾ませ、逆ピストンを励まし、牡の鈍器で処女肉の傷口を擦り立てる。

最愛の弟と一つになれた歓び。破瓜《はか》の痛みに昂ぶる官能。

伊織の意識は白濁し、理性はドロドロと溶けていった。

5

「そ、そんなに激しくして平気なの……？」

荒ぶる逆ピストンの嵌め腰に戸惑う誠。姉の美貌に、もはや苦痛の色はほとんど残っていなかった。テーブルランプの灯り以上のものが、彼女の瞳の中でまるで鬼火のように妖しく揺れていた。

「ええ、全然、平気っ……んふっ、でも、ちょっと疲れてきちゃったわ」

伊織は額に流れる汗を手の甲で拭い、乱れた前髪を掻き上げる。「ふぅ……ねえ、お願い、誠も動いて……二人で、んんっ、もっと気持ち良くなりましょう？」

それは彼女も今、快感を得ているという意味だろうか。引き裂かれたばかりの処女肉で、早くも摩擦の悦を味わっているというのか。誠は困惑しながら、それでも言われたとおりにする。

伊織の逆ピストンを迎え撃つように、タイミングを合わせて腰を突き上げた。ズンッズンッと亀頭が膣底にめり込むと、伊織は遠吠えをする犬の如く、首や背中を仰け反らせる。

「おほおぉ……！　だ、駄目よ、もっと……もっと激しくうぅ」

「も、もっと？　じゃあ……」

「うぐうっ、そ、そうよ、その調子、もっと強くてもいいから……あぁ、凄いわ、セックス、セックスうぅ……私、初めてなのに、イィ、イッちゃうかもぉ」

誠が腰に力を込めると、十五センチ級の極太ペニスが、根元までずっぽりと女の股座に潜り込んだ。豊かな弾力の女尻と、誠の腰がぶつかり合い、まるで拍手でもしているみたいに高らかな音を打ち鳴らす。

（くうっ……こんなに激しいと、僕だって……）

高校の修学旅行のとき、こっそりとオナホを持ってきたクラスメイトがいて、誠もちょっとだけ使わせてもらった。伊織の硬めの膣壷は、あのときのオナホに嵌め心地がどこか似ている。ハードタイプのシリコンによる疑似《ぎじ》肉襞は、若茎にグイグイと食い込んできたものの、たっぷりのローションのおかげで強烈ながら甘美極まる摩擦快感をもたらしてくれた。誠は、ほんの三十秒ほどで暴発しそうになったものだ。

しかし、伊織の膣穴はさらにその上を行く。オナホと違って心地良い温もりがあり、天然のローションは無尽蔵に溢れ出ていた。しかも、緩やかではあるが、膣口から奥へ向かって膣壁が波打つのである。伊織が〝イッちゃうかも〟と言ってから、そのうねりはさらに強くなって、ペニスを揉み込んでは、女体の深奥へと引きずり込むように蠕動している。

このままでは誠の方が先に果ててしまうかもしれない。負けじと、彼女の胸元に左右の手を伸ばした。プルンプルンと揺れるCカップの美乳を鷲づかみにし、その頂の突起を指先で転がしては、二本の指でつまんで押し潰す。

先ほど口愛撫を施したときは、かなり強めに嚙むことを求められた。ならばと誠は、ほとんどつねるように親指の爪を食い込ませた。伊織は顔をしかめて呻くが、すぐに淫らな微笑みとなり、「もっと強くして、もっとおぉ!」と要求してくる。

歓喜に打ち震えるような、膣壺の戦慄き。ここに至って誠は確信した。

(姉さん、〝痛くても気持ちいい〟んじゃない。〝痛いのが気持ちいい〟んだ!)

乳首に爪を食い込ませたまま、荒々しく引っ張ったり、ねじったりする。するとと伊織はますます艶めかしさを増して悶える。やはり間違いない。姉はマゾ気質の持ち主なのだ。そうだとわかると、処女地を踏み荒らされたばかりの彼女が嬉々として逆ピストン運動に励んでいることに納得ができた。

姉がそんな変態女だったと知って、当然驚きはあったが、しかし幻滅することはなかった。破瓜の痛みすら悦びに変え、男にまたがって腰を躍らせている彼女は、ある意味で屈強——勇ましいとすら思えた。そしてなにより艶めかしく、オレンジ色の薄明りに浮かび上がったその姿は、圧倒されるほどに美しかった。

（ああ、僕の姉さんは、なんて素敵なんだろう……！）

大好きな姉をもっと悦ばせるため、誠はペニスの突き上げをさらに激しくする。肉の大筒が処女膜を擦り、膣底を抉るだけでなく、互いの腰がぶつかり合っては、誠の恥骨が伊織のクリトリスを押し潰した。

「んほおぉ、すごっ……ひぃ！　気持ち良すぎて……あぁ、も、もう無理イィ」

Mの官能とクリトリスの性感は、打ち消し合うことなく、二重に伊織を狂わせているようである。彼女はもはや逆ピストンの嵌め腰が不能となり、誠に覆い被さるように倒れてきた。二人の胸の間で、汗にまみれた双乳がヌチャッと押し潰れる。

熱気を孕《はら》んだ甘酸っぱい女の体臭、芳醇な牝フェロモンを胸一杯に吸い込むと、誠は腰をバネにして、さらなる力を込めて肉の楔《くさび》を打ち込み続けた。

先ほどから前立腺がズキズキと疼きっぱなしだが、しかし、どうせなら姉と一緒に昇り詰めたかった。気合を入れて肛門を締め上げ、心を込めた一撃一打で女体を滅多突きにした。

「はっ、はひっ……！　んぎぎっ……く、うぅ、ううぅ、イク、イクッ……ま、誠、抱き締めて……ギューッってしてもらって、イキたい、イキたいのぉ！」

弟に対してしょっちゅうわがままを言う姉だが、こんな甘えん坊のようなことを言ってくるのは初めてかもしれない。汗だくの火照った女体を擦りつけるようにして、駄々をこねる子供の如く、誠の上でくねくねと身をよじる伊織。

女の身体の柔らかさを全身で感じながら、誠は唇の端に小さな笑みを浮かべた。

そしてお嬢様のご希望どおりに、その華奢《きやしや》な背中を抱き締め、折れよとばかりに両腕に思いっ切り力を込める。きっと彼女は、そうされることを望んでいるだろうから。

伊織は、肺を押し潰されたみたいな苦悶の吐息を漏らしたものの、案の定、口元に淫靡な笑みを浮かべる。彼女は誠の頭を抱きすくめ、髪の毛をグシャグシャに掻き乱しながら、オオッ、オオオッと、獣のような唸り声を大きくしていった。

そしてついに、オルガスムスの絶叫をほとばしらせる。

「んひぃぃ、イクッ、イッグうぅ！　あぁあぁ、凄い凄いっ、すっごいのおぉ！　イグッ、イグイグーッ!!　ふぎぃぃ……ひ、ひっ、イグうぅぅん！」

断末魔に取り憑《と　つ》かれてガクガクと悶え狂う女体を、懸命に両腕で抑え込む誠。そして自らも姉に続き、怒涛《どとう》のピストンと共に絶頂感を解き放った。

「うっ、うんっ、姉さん、姉さんっ……僕も、イクッ!!」

剛直を唸らせ、最後の一突きを姉の最も深い場所へめり込ませて、牡のマグマを噴き上げる。一発、二発、三発――そのたびに頭の中では閃光が瞬き、脳内が真っ白に焼きついていった。

睾丸が空っぽになって、腰の硬直が治まると、誠の全身から力が抜けていく。すべてを出し尽くした感覚だった。次第に性感は冷めていったが、静かな興奮が残り続けた。誠は相好を崩して、ゼエゼエと喘ぐ。

姉への膣内射精という禁忌――一回目は感動が強かったが、二回目の今は、じわじわと背徳感が湧き上がってくる。母や祖父母にこのことが知られたら、きっと叱られるだけではすまないだろう。ああ、やってはいけないことをやってしまうというのは、なんと甘美な体験なのか。

やがて伊織もアクメの熱が鎮まってきたらしく、少しだけ身体を起こして、誠の顔を覗き込んできた。彼女も微笑んでいて、そこに後悔の色は微塵《みじん》もなかった。

「……信じているわよ」と、伊織はそっと呟く。

なにを？　と誠は思った。しかし、彼女の言葉の意味を確かめる前に、誠の口は塞がれてしまう。姉の唇は柔らかかった。

これまで三人の女とセックスしてきた誠だが、思えば、キスをするのは初めてだった。そして、それは伊織も同様だったのかもしれない。

彼女の唇は初々《ういうい》しく重ねられただけで、ほどなくすると、そっと離れていった。

その後、伊織は結合を解き、手を伸ばしてテーブルランプの灯《あか》りを消すと、いそいそとダウンケットを頭まで被った。「お、おやすみっ」

誠はくすっと笑って、彼女の隣で仰向けになる。「おやすみ、姉さん」

目を閉じれば、すぐに眠気が訪れた。〝殺人事件〟のサプライズは明日まで続くが、今の伊織の様子ならもう心配はいらないだろう。

まどろむ意識の中で、誠はさっきの伊織の言葉を思い返す。

信じているわよ——それは、〝この後、なにが起こっても、私のことを守ってくれるわよね？〟という意味だったのではないか。

（大丈夫……もう怖いことはなにも起こらないよ……）

誠は心置きなく眠りに落ちた。

しかし、それは間違いだった――。

6

翌朝、先に目を覚ましたのは伊織の方だった。

伊織は、部屋が少しでも明るいと目が覚めてしまう質なのである。すでに日の出は過ぎているのか、窓から射し込んだ柔らかな朝陽が、室内の影と溶け合っていた。

離れの塔の部屋には時計が置かれていなかったが、おそらくはまだ五時前後だろう。

旅行先の旅館やホテルなど、遮光カーテンがない部屋で寝るとき、伊織はいつもアイマスクを使うことにしているのだが、今朝は早く起きる予定があった。

股間には未だ鈍い痛みが残っている。だが、マゾ気質の伊織にとっては、それも初セックスの心地良い余韻である。

誠は、まだ寝息を立てていた。伊織は静かにベッドから降りると、彼の寝顔の愛おしさに微笑みを浮かべた。

（私の可愛い誠……。この子が人殺しをするなんて、絶対にあり得ないわ）

昨日の夕食の後、八時半頃のこと。綾音が伊織の部屋にやってきて、こう言ったのだった。「美喜さまや明日菜さまを殺したのは、本当に外部の者なのでしょうか？」

「わたくしは……誠さまを疑わずにはいられないのです」

美喜が死んだとき、彼女の部屋は密室だった。しかし、自分の部屋と美喜の部屋の鍵をすり替えることで、誠が偽の密室を作り上げたのでは——と、綾音は言った。

美喜の死体が発見された日の夜、綾音は飲み物が欲しくなってキッチンへ向かい、そのとき、リビングの扉が少し開いているのにたまたま気づいたのだそうだ。

「中を覗いてみると、誠さまがアンティークデスクの引き出しを開けて、なにかしていらしたのです。この館の鍵がしまってある、あの引き出しです。誠さまがいなくなった後に、わたくしはその引き出しの中を確かめてみました。鍵も一本一本調べてみました。そうしたら、美喜さまの部屋の鍵に、キーホルダーを付け替えたような傷が残っていたのです。つい最近ついたような、真新しい傷でした」

綾音は、その鍵を伊織に見せてくれた。重要な証拠品になるかもしれないので、犯人に隠滅されないように持ってきたのだという。確かに鍵の頭の部分には、擦ったような小さな傷跡がついていた。彼女が言うには、引き出しに入っていた他の鍵には、そのような傷跡はいっさい残っていなかったそうだ。

だが伊織は、それだけで彼女の話を信じることはできなかった。この鍵の傷は自分たちがこの島に来る前からついていたという可能性もある。管理人がなにかの理由でキーホルダーから鍵を外していて、それがつい最近のことだったのかもしれない。

しかし、誠が疑わしいという根拠はまだあると、綾音は言った。

「美喜さまが亡くなっていたとき、キャミソールとショートパンツを着ておられました。でも、美喜さまは、寝るときにはいつも裸になられるそうですね？　つまり、もしも美喜さまが第一の被害者だとしたら、犯人はそのことを知らない人物ということになります」

美喜が裸で寝ていることを、伊織は知っていた。明日菜も知っていた。

誠は――おそらく知らないだろうと思った。伊織の知る限り、美喜と誠はそんな話をするような間柄ではない。

「で、でも、誠が犯人だっていうなら、明日菜さんが刺されたときは？」

明日菜の悲鳴が聞こえてきたとき、誠はリビングにいて、伊織の真横に座っていたのだ。完璧なアリバイではないかと詰め寄ったが、綾音は首を横に振った。

「あれは本当に明日菜さまの悲鳴だったのでしょうか？　スマートフォンとスピーカーを使ってちょっとした仕掛けを作れば、似たような声の悲鳴を流すことができたはずです。誠さまなら、ちょうどご自分のお部屋から」

伊織は動揺しつつ、〝明日菜の悲鳴〟を思い出そうとした。しかし駄目だった。あのときは突然のことで、ただ驚いて、どんな悲鳴だったかなんてまるで覚えていなかった。

覚えているのは、「明日菜さんの悲鳴だよ！」という誠の声だけ。あの言葉を信じて、伊織はリビングを飛び出した誠の後に続いたのだった。

しかし、仮に連続殺人の犯人が誠だとしたら、動機は？　ほとんど面識もなかった美喜と明日菜を、どうして誠が殺さなければならない？　その疑問に、綾音はこう答えた。

「誠さまは、皆口家をご自分のものにしたいとお考えなのかもしれません。伊織さまがご結婚して、男の子がお生まれになったら、その子が皆口家を継ぐことになるでしょう。だから、そうなる前に伊織さまを殺してしまおうと――美喜さまたちまで殺したのは、この島に殺人鬼が侵入してきたように見せかけるためだったのではないでしょうか。伊織さまだけが殺されたら、誠さまへの疑いが最も強くなりますから」

旅行のメンバーが次々と殺されていき、自分だけはどうにか生き残った――そんな筋書きなのではと、綾音は言った。

伊織は愕然とした。綾音の話には、一応、筋が通っていた。

しかし、それでも、誠が人を殺したなんて信じられなかった。絶対にあり得ない。誠がそんなことをするわけがない！

彼と身体を重ねた今、それは揺るぎない確信となっていた。

伊織は、二階の綾音の部屋へ向かうことにする。「明日の朝、もう一度話をいたしましょう」と彼女が言っていたからだ。明け方の、誠がまだ寝ているうちに。

伊織もこんな話を誠に聞かせたくはない。昨夜脱いだネグリジェとパンティを身に着けると、忍び足で部屋を出ていこうとする。

そのとき、窓際に置かれた椅子にふと目が行った。背もたれには誠が昨夜脱いだTシャツが掛けられ、座面には乱雑にたたまれたズボンが載っていた。

伊織は少し悩んでから、その衣服を探った。綾音の話では、誠の部屋の鍵は、今も彼が持ったままだそうだ。

美喜の部屋には偽の鍵を残し、本物の鍵を持ち出して外から鍵をかける――そんな密室トリックを行うには、当然のことながら、本物の鍵とすり替えるためのもう一つの鍵が必要である。あの館には、あらゆる部屋の扉にそれぞれ別の鍵が用意されていたが、リビングのデスクの引き出しに収められていたそれらの鍵の中で、美喜の部屋の鍵以外に、キーホルダーを付け替えたような痕跡は残っていなかったとのこと。

ということは、もしも誠がすり替えトリックを行ったのだとしたら、他ならぬ自分の部屋の鍵を使ったということだ。そして殺された美喜の部屋から回収され、リビングのアンティークデスクに戻された自分の鍵を、美喜の鍵にすり替え直したはず。

(誠は確か、ズボンのポケットに部屋の鍵を入れていたわよね……)

もちろん伊織は、〝誠がこの連続殺人の犯人かもしれない〟という綾音の説を、まったく信じていない。だからこそ誠の部屋の鍵を調べ、なんの傷跡も残っていないのを確認し、それを綾音に告げようと思っていた。

鍵は、やはりズボンのポケットに入っていた。

鍵の頭に傷跡は――ついていた。

伊織の手がブルブルと震えだし、危うく鍵を落としそうになった。

(う……嘘、嘘よ……そんなはずは……誠が、人殺しだなんて……!?)

めまいに襲われ、倒れまいとたたらを踏んでしまう。はっきりとした足音が鳴り響き、伊織は慌ててベッドの方を向いた。誠はまだ寝ていた。息を殺してしばらく待ったが、彼が目を覚ます気配はなかった。

伊織は今にも破裂しそうにバクバクと鳴る心臓を抱えて、そーっと部屋を出た。急いで、しかし足音は立てずに歩き、階段を下りていった。

二階に降りて、綾音の部屋のドアが見えると、伊織はまたギョッとする。

ドアが、半開きだったのだ。

昨夜、伊織の部屋に来た綾音は、自室に戻る前にこう忠告していった。「誠さまが犯人だったときに備えて、わたくしがこの部屋を出たら、椅子の背もたれでドアを封じてください」

ソファーの背もたれを使って、美喜の部屋のドアを内側から開けられないようにした、あのときの応用である。こちらのドアは、取っ手がレバーではなくノブなので、椅子を斜めにした状態で、ドアノブの下から背もたれを引っ掛けるのだ。椅子がつっかえ棒のようになり、ちょっとやそっとの力では外側からドアを開けられなくなる。

そのように教えてくれた綾音の部屋のドアが、無防備に開いていた。

嫌な予感が頭の中で膨れ上がる。もはやまともな思考ができない状態だったが、不穏な気配だけははっきりと感じた。半分開いたドアから、毒ガスのような危険ななにかが溢れ出しているような気がした。

伊織の足がすくむ。しかし確認しないわけにはいかない。誠を起こして、一緒に来てもらう？　あの鍵の傷を見る前だったら、そうしていただろう。

恐怖から逃げようとする本能に逆らって、伊織は震える足で進んでいった。部屋の前までたどり着くと、開いたドアの隙間からおずおずと室内を覗き込む。呼びかけもノックも無意味だと気づいていた。

綾音はベッドに倒れていた。彼女の身体もシーツも赤黒く染まっていた。

窓が半分ほど開いている。生臭い、錆びた鉄のような匂いが、潮風と混ざって廊下まで流れてくる。伊織は彼女の元へ駆け寄れなかった。部屋の床のあちこちに、赤黒いものが滴っていたのだ。そして床には、この惨状を生み出すのに使われたであろうナイフも転がっていた。

おそらく綾音は、部屋の真ん中辺りで刺されたのだろう。後ずさりするようにベッドまで歩いて、仰向けに倒れたようだ。白いパジャマの腹の辺りを中心に、赤黒い染みは広がっていた。

伊織は懸命に己を奮い立たせ、室内に足を踏み入れる。一歩、二歩——血まみれの綾音から目を逸らしつつ、しゃがみ込み、後は精一杯に腕を伸ばして、落ちているナイフを拾い上げた。凶器に自分の指紋がつくことなど気にならなかった。今の自分には武器が必要なのだ。身を守るための武器が！

その後、一階に降りて、出入り口の扉を確認する。最上階まで登り、屋上へ出る扉も確かめる。どちらもしっかりと閉じていて、錠は掛けられたままだった。自分の部屋やトイレなど、すべての窓もチェックした。すがるような思いだった。いっそ壊れた窓があってほしい、侵入者が綾音を殺したのであってほしい――

だが、どの窓も無事だった。この塔は、一つの密室だったのだ。

その中で人が殺された。塔の中に残っているのは、自分と、誠のみ。

「誠が……誠が……そんな、ああ……！」

いつ殺したのか。昨夜、二人で身体を重ねた後、伊織が寝ている間にだろうか。

ナイフの刀身にべっとりと張りついた血は、すでにだいぶ乾いていて、凶行からそれなりに時間が経っている様子だった。もしかしたら、伊織が誠の部屋に行く前には、すでに殺人は終わっていたのかもしれない。

（綾音さんの言っていたことが、本当だったなんて……！）

綾音はこうも言っていた。「もしも犯人が誠さまだったら……伊織さま、躊躇ってはいけません。誠さまがまだ油断をしているうちに、やられる前にやるべきです。あなたが死んでしまったら、皆口家の血筋は絶えてしまうのですから」

伊織は、綾音を殺したであろうナイフの柄を握り締める。

脳裏には、ついさっき見たばかりの誠の寝顔が蘇った。人を殺した者が、あんな可愛い顔で寝ているというのか。恐ろしくもあり、おぞましくもある。そして怒りも込み上げてくる。

義母の連れ子として、誠が皆口家に来てから今日まで、伊織は彼を実の弟のように――いや、それ以上の存在として可愛がってきた。

しかし、だからこそ、この裏切りは赦せなかった。

7

誠が目を覚ますと、ベッドに伊織の姿はなかった。きっと先に起きて、自分の部屋に戻ったのだろう。

窓から射し込む陽光から、今日もいい天気になりそうだなと思う。誠は身体を起こし、大あくびをした。頭が覚醒してくると、姉とセックスをしたという実感がじわじわと蘇ってきた。

昨夜、彼女が寝ていたところを撫でる。まだ温もりが残っているような気がする。

と、誠はあるものに気づいた。

シーツの上に、なにかが落ちていた。糸くずのようなものだった。誠はそれをつまみ上げてみる。

「これって……あっ……もしかして」

そのとき、荒々しくドアが開いた。

伊織だった。歪《いびつ》に強張った表情には様々な感情が入り交じっていて、誠が見る限り、その一番大きなものは怒りだった。

どうしてそんな顔をしているのか、まったく見当がつかない。ギラギラと輝く彼女の瞳には、狂気のようなものすらうかがえた。その瞳が、恐ろしいほどの鋭さでこちらを睨みつけていた。

さらに誠は、彼女の右手にあるナイフを見てギョッとする。その刃には赤黒いものがこびりついていた。

「姉さん、なにを……!?」

「信じていたのに、誠……！」

伊織がナイフを構えて突進してきた。

第五章　そして誰も死ななかった

1

綾音は音を聞いていた。死体役である以上、目は開けたままか、閉じたままでなくてはならない。第一発見者の伊織がそばにいる間、ずっとまばたき厳禁でいるのは辛いので、目を閉じた〝死体〟になっていた。だから、状況は音で判断した。

血まみれの自分を発見した伊織は、いったん部屋の前を離れ、一階へ降りていった。その後、彼女の足音はこの部屋の前を通り過ぎ、今度は三階へ上がる階段の方へ向かっていった。きっと外部からの侵入の痕跡を探しているのだろう。

しかし、そんなものはない。侵入者などいないのだから。

足音がすっかり聞こえなくなると、綾音はそっと目を開けてみる。床に置いておいたナイフはなくなっていた。伊織が持っていったのだ。

綾音は小さく溜め息をつく。今のところ、事は計画どおりに進んでいた。

（伊織さま……ちゃんと誠さまを殺してくれるかしら）

綾音は昨日、誠こそが美喜と明日菜を殺した犯人なのではと、伊織に伝えた。

伊織は、そんなことあるわけないと言った。綾音は誠を疑う理由として、彼が自分の部屋と美喜の部屋の鍵をすり替えていたかもしれないという話をしたが、それでも伊織の考えは変わらなかった。

だが、もしも伊織が誠の部屋の鍵を調べ、そこにキーホルダーを付け替えたような痕跡が残っているのを見れば、さすがに疑惑を抱くことだろう。伊織はもう誠の部屋の鍵を調べただろうか？　あるいはこれから調べて、誠が連続殺人の犯人だと確信するのかもしれない。

二つの鍵に残された傷は、綾音がヤスリでつけたものだ。

美喜の〝死体〟を皆で発見した後、彼女の部屋の鍵をリビングのアンティークデスクの引き出しに戻したのは綾音である。その前に、皆の目を盗んで鍵の頭にヤスリで傷をつけるのは、そう難しいことではなかった。

そして明日菜の血まみれ〝死体〟発見後、誠たち三人が風呂に入っているときに脱衣所へ入り、誠の衣服から鍵を見つけ出して、そちらにも傷をつけておいたのだ。

離れの塔という密室の中で三つめの〝殺人〟が起こり、伊織にとっての容疑者はもう誠しかいない。この状況だけでも充分かもしれないが、しかし伊織に誠を殺させるには、もう一押し必要のような気がした。なにしろ伊織にとって、誠はとても可愛い弟なのだから。

だが、さすがに誠の部屋の鍵についた傷跡を見れば、伊織の中の疑惑も決定的なものになるだろう。裏切られた愛情は憎しみへと変わる。そうなれば――

そのとき、絶叫が響いてきた。苦悶に満ちた、まさに断末魔の悲鳴だった。

誠の声だった。上の階から聞こえてきた。

それから五分ほど、綾音は耳を澄ませて待った。しかし、叫び声はもう聞こえてこなかった。穏やかな潮風と波の音だけが聞こえるなか、綾音はもう五分待つ。

それからベッドの上でゆっくりと身体を起こし、また溜め息をこぼした。

綾音の計画どおり、伊織は誠を殺してくれたようである。だが、達成感に胸が高揚することはなかった。

(伊織さまと誠さまには申し訳なかったけど、すべては佳宏《よしひろ》くんのため……)

伊織たちの亡父、潤一郎《じゅんいちろう》には、佳代《かよ》という秘密の愛人との間に、佳宏という隠し子がいた。

潤一郎はいずれ妻——伊織の実母——とは離婚して佳代と再婚すると、逢瀬《おうせ》のたびに言っていたそうだ。佳代はその言葉を信じていた。

その後、潤一郎の妻が急な病で死去した。離婚ではないが、潤一郎は独り身になった。佳代はいよいよ自分が皆口家の本妻になれると思ったが、しかし潤一郎は佳代を裏切り、別の女——誠の母親——と再婚した。

絶望した佳代は、真冬の河に身を投げて自殺した。潤一郎は愛人に産ませた子供を認知しておらず、残された佳宏は、引き取り手もなく施設に入れられた。そのことに綾音は激しく憤《いきどお》り、潤一郎を憎んだ。

綾音は、佳代の親友だった。実家が近所同士で、子供の頃からずっと仲良しだった。親と喧嘩をした綾音に付き合ってくれて、二人で家出旅行をしたこともあった。

佳代の無念を晴らす方法はないだろうかと、綾音は考えた。復讐をたくらんだりもした。しかしそれよりも、天涯孤独となった哀れな佳宏をなんとかしてあげたいと思った。その方がきっと佳代も喜ぶだろう、と。

潤一郎に佳宏を認知させられないか、綾音は弁護士に相談してみた。強制認知という方法があるらしいが、それをするにはDNA鑑定《かんてい》がとても重要だという。DNA鑑定なしに強制認知のお墨付きをもらおうとすると、裁判にかなりの時間と費用がかかり、しかも必ず勝ち取れるとは限らないのだとか。「ＤＮＡ鑑定の結果がなければ、強制認知は正直難しいです」と、その弁護士は言った。

綾音は佳代の親類を騙《かた》って、〝ＤＮＡ鑑定に協力してほしい〟と、ダメ元で潤一郎に手紙を送った。だが、案の定、返事はなかった。

正直に頼んでも聞き入れてもらえないなら、汚い方法を取らざるを得ない。綾音は興信所に依頼し、皆口家の人々について調べてもらった。しかし、脅迫の材料になりそうなものは見つからず、さらに詳しく調査してもらうには最低でも百万円近い費用が必要だった。

小さなスナックの従業員だった綾音に、そんな大金が払えるわけもない。やむを得ず、それ以降は自分で調べることにした。外側から調べても駄目なら内側から調べるしかないと考え、皆口家へ潜入する方法を探っているうちに、綾音の職業は家政婦へと変わり、その仕事ぶりと美貌によって、雇い主と紹介所から高い評価を得ていった。皆口家に家政婦を紹介しているという紹介所の所長へ色仕掛けをし、ついに皆口家の住み込み家政婦となったときには、佳代の死から九年が経っていた。

綾音の計画は、潤一郎の弱みを握って、それをネタに彼を脅し、佳宏を認知させることだった。あるいは潤一郎と自ら身体の関係を持ち、そのことを脅迫の材料にしてもいいと思っていた。

潤一郎は、綾音の美貌と熟れた女体に興味を持っていたようだったが、慎重な男だったのか、綾音がわざと隙を見せても、なかなか手を出してはこなかった。

そして今から半年前に、交通事故で死んでしまった。

それでも綾音は諦めなかった。潤一郎の父親や母親のＤＮＡと比較すれば、佳宏が潤一郎の息子であることは判定できるという。潤一郎の死から三年以内なら、強制認知の請求も可能なのだそうだ。

だがそのとき、綾音の頭に悪魔の考えが閃《ひらめ》いた。

もし今、伊織が死ねば、皆口家の血を引いている跡継ぎ候補は、潤一郎の隠し子である佳宏だけとなる。そうなったら潤一郎の父親も、連れ子の誠より、佳宏に皆口家を継がせる方がましだと考えるだろう。

そこで綾音は、今回の計画を考えた。最後の独身旅行のサプライズのためだと偽って、伊織の友達の美喜と明日菜にも協力させることにした。

（本当は、誠さまに伊織さまを殺していただくはずだったのよね）

当初の計画では、「伊織さまは、わたくしたち全員を殺すつもりなのではないでしようか?」と、誠の方に吹き込むつもりだったのだ。伊織が殺人鬼となった動機は、〝実は伊織は、美喜と明日菜に弱みを握られていて、これまで相当な額の金品をたかられていた〟ということにし、そのとばっちりで誠や自分も殺されることになってしまったという筋書きだった。

しかし、第一の〝被害者〟であるはずの美喜が、実は死んでいなかったのだと誠にバレてしまい、計画の変更を余儀なくされたのだった。

新しい計画は、伊織が誠を殺すようにそそのかし、その後、伊織を脅すというものだ。佳宏が皆口家を継げるように協力するなら、伊織の正当防衛を証言するという取引を持ちかけるのである。警察には、〝誠が皆口家を自分のものにするため、伊織を殺そうとした。伊織は正当防衛で、誠を殺してしまった〟という証言をする。

少々無理のある計画なのは承知していた。あるいは誠に気づかれてしまった時点で、この計画は諦めるべきだったのかもしれない。

だが、それでも綾音は止まれなかった。

不幸な境遇にいる親友の息子を救いたい——その気持ちに嘘はない。

しかし、それだけではなかった。もしも佳宏が皆口家を継いだら、綾音自身も大きな恩恵を得られるかもしれないと、心の中で悪魔が囁いているような気がした。

そして同時に、なんの罪もない伊織と誠に対して、申し訳ないという気持ちもあった。二人とも、金持ちの子であることを笠に着て他人を見下すような、醜い性根の持ち主ではない。綾音が家政婦として当然のことをしているだけでも、「ありがとう」と感謝してくれた。ときには友達のように接してくれた。

それにもかかわらず自分は、そんな姉弟の片方をとうとう人殺しにし、もう片方をその被害者にしてしまった。もはや愛人を裏切った潤一郎を責める資格もないだろう。

だが、これは佳宏を皆口家の跡継ぎにするための、最大にして唯一のチャンスかもしれなかったのだ。この機を逃せば、一生後悔することになったかもしれない。

やるべきだったのだ――いや、やるべきではなかった――相反する思いに、頭の中がグチャグチャになりそうだった。

(ううん、いくら考えたってもう無駄だわ。今さら後戻りはできないんだから……)

綾音は開けっぱなしのドアから廊下に出た。とても静かだ。すべてが終わった後の静寂だった。

足音を忍ばせて廊下を歩いていくと、三階への階段の途中に座り込んでいる伊織を見つけた。両手で顔を覆い、がっくりとうなだれている。誠の姿はなかった。伊織が持っていったはずのナイフも、彼女の手にはなかった。

綾音の気配を察したのか、彼女は顔を上げてこちらを向く。

「どうしてあなたが生きているの……？」

伊織は呆然とした様子で、弱々しく呟いた。瞳は真っ赤に充血し、腫れた目元には涙の跡がはっきりと残っていた。

綾音はそれに答えず、「誠さまはどうされましたか？」と尋ねる。

返事は聞くまでもない。涙に濡れた彼女の顔がその答えだ。

「あなたが……殺せって言ったんじゃない」と、伊織はしゃがれ声で言った。

綾音は首を横に振る。「そんなことを言った覚えはありません」

さらにもう一度、込み上げてくる罪悪感を振り払うために首を振り、

「つまり、誠さまを殺してしまわれたのですね？　伊織さまは人殺しです。どうされるおつもりですか？」

伊織はどこか虚ろな眼差しで、綾音を見つめてきた。なにを言われているのか理解できないという感じの、わずかな困惑を滲ませた、疲れ切った表情だった。

綾音は少しの間、伊織の理解が追いつくのを待つ。

それから、いよいよ本来の目的を彼女に告げた。「先に殺そうとしたのは誠さまで、伊織さまは正当防衛だと、わたくしが警察に証言してもいいですよ」

階段を上り、伊織の前に膝をつく。あなたの味方ですとばかりに、冷え切った彼女の手をそっと握って、「その代わり——」と続ける。

綾音は、潤一郎に隠し子がいることを話した。その子が皆口家を継げるように全面協力してほしいと、伊織にお願いした。もちろんそれは脅しであり、命令だ。

突然、父親の隠し子のことなど聞かされて、伊織は言葉を失っている。

しかし、そのうち彼女も理解するだろう。自分が罠に嵌められたのだと。

(でも、もう遅いわ。あなたは誠さまを殺してしまったのだから)

そのとき、階段の上の方で物音がした。

え？　と、綾音は顔を上げた。そして愕然とする。

階段を上りきったところに、さっきまではなかった人影があったのだ。

その人物は、怒りのこもった厳しい眼差しでこちらを見下ろしていた。それでいて口元には、勝ち誇ったような笑みを浮かべていた。

「なるほど、それが綾音さんの目的だったんですね」と、彼は言った。

この塔の中で、自分と、伊織と、それ以外に残っているのはただ一人だけ。

誠だった。パジャマ姿の彼は、片手にスマホを持っていて、その画面を綾音に向かって真っ直ぐに突き出す。

そこには〝録音〟の文字が表示されていた。

2

その翌日の午後、誠はこの島の南東にある入江で、ぼんやりと海を眺めていた。砂浜にレジャーシートを敷き、ギラギラした夏の日差しを遮るためのビーチパラソルを立てて。

明日には迎えのクルーザーが来る。無事に帰れると思うと、自然と溜め息が漏れた。

(僕、死んでたかもしれないんだよなぁ)

昨日の朝、ナイフを持った伊織が襲いかかってきたあのとき――

突進してきた彼女のナイフの一撃をかわして、誠はベッドから転がり落ちた。昨夜、伊織と睦《むつ》み合った後の素っ裸のままだった。

「ちょっ……ね、姉さん……どうしたの!?」

「財産が欲しいなら、私だけを殺せば良かったのに、美喜や明日菜さん、綾音さんまで殺すなんてッ……!」

混乱の極致に陥《おちい》った誠に、伊織は言った。二階の部屋で綾音が死んでいた。完全な密室であるこの塔に、外部から殺人者の侵入があったとは考えられない。だとしたら、綾音を殺したのは誠の他に考えられない、と。

今回のサプライズの発起人である綾音が死んでいる——というのは、誠にとって信じがたい話だった。しかし伊織の殺気は本物としか思えず、とても冗談を言っているようには見えなかった。激しい怒りに悲しみなどを交ぜ合わせた複雑な表情は、まさしく鬼の形相で、これまで誠が一度も見たことのないものだった。

そして伊織は、綾音だけでなく美喜や明日菜まで、誠が殺したと思い込んでいた。

誠は誤解を解かなければならなかった。綾音のことはわからなかったが、美喜と明日菜は間違いなく生きている。そのことを伊織に理解してもらわなければならなかった。

だが、「美喜さんも明日菜さんも生きているよ。今は本館にいるんだよ。内線をかけてみれば——」と言っても、逆上している伊織は聞き入れてくれなかった。「嘘つき……！」と吐き捨て、彼女は再びナイフを突き出してきた。誠は必死にかわそうとしたが、刃が肩を掠って、焼けるような痛みが走った。

今の伊織は、誠がなにを言っても信じてくれなさそうだった、説得には、物的証拠が必要だった。

誠はハッとして、自分の右手を確認した。先ほどベッドで拾ったものは、まだ誠の掌の中にあった。誠はそれを指でつまみ、伊織に向かって突き出した。

「姉さん、これ……！　ベッドのシーツに落ちていたんだ。なんだかわかる？」

すると、伊織の勢いが止まった。逃げるでもなく、反撃するでもない誠の行動に、虚を衝かれたという様子だった。

未だナイフを握り締めながらも、誠が最初糸くずかと思ったそれに、彼女は瞳の焦点を合わせてくれた。

「なに、それ……」鬼の形相の中で、眉間の皺が深くなった。

誠は、実に幸運だったのである。美喜は寝るときに全裸になると言っていたが、あれは本当のことだった。そして彼女は、こちらの塔に隠れている間、この部屋を使っていたのだ。

「これは、美喜さんの毛だよ」

糸くずだと思ったのは、四、五センチほどの長さのそれが白かったからだ。

しかし、よく見るとわずかに金色っぽく、そしてくねくねと縮れていた。美喜の股間を彩っていた、あのブロンドの恥毛だった。全裸の美喜がベッドで寝ている間に抜け落ち、それが白いシーツに紛《まぎ》れて、彼女たちがここを去る際の原状回復においても見落とされてしまったのだろう。

　仮にその毛が黒かったら、誰のものか特定することはできなかった。ブロンドだったからこそ美喜の毛だとわかったのだ。おかげで誠は物的証拠を得ることができた。

　伊織はその縮れ毛をじっと見つめ、半歩、もう半歩と近づいてきた。表情は次第に緩んでいき、怒りに代わって驚きや戸惑いの色が浮かんできた。

「どうして……？　どうして美喜の毛が、そのベッドに……」

　彼女の目顔が、誠に答えを求めてきた。今なら信じてもらえると確信した誠は、今回のサプライズ計画のことを話した。死体としてこの塔に運ばれた美喜は、誠たちがやってくるまで、この部屋で寝泊まりしていたのだと。

　誠は本館に内線電話をかけた。二人ともまだ寝ているだろうと思い、とりあえず明日菜の部屋にかけてみた。じりじりしながらコール音を聞いていると、案の定、寝起きの声の明日菜が電話に出た。誠は受話器を伊織に渡した。

「伊織です……本当に、明日菜さんなんですか……？　はい……誠から全部聞きました……美喜は……そうですか……」

　その後、伊織は内線電話を切ると、ボロボロと泣きながら誠に謝った。

「ごめんなさい、あなたのことを信じてあげられなくて……私、あなたを殺そうとして……ああ、肩から血が……」

「大丈夫だよ」と、誠は笑ってみせた。三センチほどの赤い筋からじわじわと血が滲んでいたが、皮膚の表面が軽く裂けた程度の、ほんのかすり傷だった。

伊織は顔がぐしゃぐしゃになるまで泣いて、そしてまた怒った。「でも、いくら私のためのサプライズだからって、綾音さんったらやりすぎよ……！」

綾音は「もしも犯人が誠さまだったら、躊躇ってはいけません」と言って、誠を殺すことまで焚《た》きつけていたのだと、伊織は教えてくれた。

そのせいで誠は危うく殺されかけたのである。やりすぎというより、もはや悪意すら感じられた。

そもそも、綾音から聞かされたサプライズ計画では、〝被害者〟は美喜と明日菜だけだったのだ。どうして彼女自身が第三の〝被害者〟となったのか？　しかも、その〝殺害現場〟に本物のナイフまで用意して——

まるで、伊織に誠を殺させようとしているみたいではないか。

誠はゾッとした。そして、綾音の真意を確かめなければと思った。

そのために、誠と伊織は一芝居打ったのだった。

綾音が伊織を脅迫したときの音声は、スマホですべて録音できていた。綾音は観念して、自分の罪を認めた。意外にもそんなに悔しがってはいなかった。どこかほっとしているようでもあった。

今は亡き義父の愛人と隠し子、佳代と佳宏の話を聞かされた誠は、その親子の不幸な人生に同情を禁じ得なかった。義父が誠の母と再婚せず、佳代たちを皆口家に迎え入れていたら、こんなことは起こらなかったのだ。

義父が誠の母親と再婚した理由を、詳しくは聞いていない。だが、とにかく義父は誠の母親と出会い、見初め、再婚相手に選んだ。裕福な生活も、美しい姉の存在も、今は誠の人生に組み込まれている。その隠し子の彼のものにはならなかった。

それを思うと、罪悪感とまではいわずとも、なにか後ろめたいような気持ちになった。綾音の企《たくら》みで殺されかかったとはいえ、どうにも彼女のやったことを非難しきれず、実に複雑な気分だった。

しかし、伊織は違った。すべてを告白し終えた綾音に向かって、

「私は、私に誠を殺させようとしたあなたのことを、絶対に赦さないわ」と厳しく告げた。

ただ、その佳宏という男の子が本当に潤一郎の子供だというなら、その子が認知されるように協力するとも言った。「——望むなら、その佳宏くんが皆口家に迎え入れ

てもらえるよう、力を尽くすわ」

誠は、伊織のそういう優しさや公正さ、正義感を、改めて快く思った。それでこそ姉さんだ、と。だから、誠も彼女に賛同した。

綾音の瞳から、一つ、二つと、大粒の涙がこぼれ落ちた。彼女はなにかを言おうとしたが、上手く声に出せないようで、震える唇からはただ嗚咽だけが漏れた。

「あ……ありがとう……ござい……ます……」

やっとのことでその一言を絞り出すと、彼女は深く、深く、頭を下げた。

3

海から上がった美喜と明日菜が、ゴーグルを外してやってきた。

「誠くん、全然泳がないの？　そんなに肩の傷が深かったのかしら？」

「ねえ、誠くんも一緒に潜ろうよ。海の中、すっごく綺麗だよ」

二人はシュノーケリングを楽しんでいたようだ。入り江の内側は波が静かで、砂が巻き上がらないため、海水がとても澄んでいるという。

誠は苦笑いを浮かべて、かぶりを振った。

「姉さんがあんなに落ち込んでいるのに、僕が楽しんじゃっていいのかなって……」

ここに来る前、伊織も誘ったが、海で遊ぶ気分にはなれないと断られたのだった。

家政婦として信頼していた綾音に裏切られたこともショックだったが、なにより誠を殺そうとしてしまった自分のことが赦せないのだそうだ。

美喜と明日菜は顔を見合わせ、責任を感じているように表情を曇らせる。二人とも、綾音が企んでいたことにまったく気づかなかったそうだ。

ちなみに綾音は今、離れの塔に一人で籠《こも》り、謹慎している。誠と伊織は、本館の自分たちの部屋に戻っていた。

「うーん……気持ちはわかるけど、あたしたち、明日には帰らなきゃいけないんだよ。こんな素敵な場所で遊べるのも今日までなんだから、誠くんも楽しもうよぉ」

二人は例の水着姿だった。明日菜の爆乳は相変わらずのボリューム感で、彼女が一歩歩くごとにタプタプと二回揺れていた。そして美喜のマイクロビキニは、やはり海で泳ぐには向いていないらしく、乳輪どころか今にも乳首まではみ出しそうである。

股間では、誠の命を救ってくれたブロンドの秘毛が、ボトムの極小三角形からはみ出して、濡れた肌にぺったりと張りついていた。

誠も少なからず憂鬱な気分だったが、こんな煽情的な水着姿を見てしまうと、どうにも淫気が込み上げてくる。盛りがついた年頃の男子にとって、この艶めかしい女体に勝る向精神薬はなかった。

ハーフパンツの水着の中で、たちまち陰茎が気色ばむ。レジャーシートに座り込んでいた誠は、体育座りになって股間を隠し、彼女たちから視線を逸らした。

美喜は、お見通しとばかりにニヤリと笑う。そして、

「そうだ、いいこと思いついちゃった。うふふっ」

いきなりマイクロビキニの紐をほどきだす。目を丸くする誠と明日菜の前で、あっという間に一糸まとわぬ姿となった。

「ヌーディストビーチってあるでしょ？　あたし、前から興味あったの」

美喜は両腕を左右いっぱいに広げ、真夏の太陽に向かって裸体をさらけ出す。

そして高らかに、なんとも心地良さげな声を上げた。「ああーっ、すっごい解放感！　明日菜さんも脱ぎましょうよ。気持ちいいですよ」

「ええっ……で、でもぉ」

「あたしたち以外に誰もいない、プライベートビーチなんですよ？　今を逃したら、こんな経験、もう二度とできないかもしれませんよ？」

小悪魔の如く、誘惑の言葉を囁く美喜。入江の向こうは太平洋で、今日も船影の一

つも見当たらず、確かに、誰に見られる心配もなさそうだ。

いったんは躊躇いを見せた明日菜だったが、バスルームで3Pに引きずり込まれたあのときと同じように、結局はその誘い文句にそそのかされてしまう。

「そ、そうねぇ」と言って、恥じらいながらもビキニを脱いでいった。おそらく彼女は〝期間限定〟とかの売り文句に弱いタイプなのだろう。

「あぁぁ、他に誰もいないからって、こんなところで素っ裸になるなんて……凄くドキドキするわ。でも、これって……はぁぁん、ちょっと癖になっちゃいそう」

明日菜は生まれたままの姿になると、色っぽく吐息を漏らした。

最初はJカップの膨らみを、両手で精一杯に隠していたが、やがてそれもやめてしまう。彼女の強烈な母性がたっぷり詰まった爆乳と、ほどよい熟れ具合の人妻ボディが、まぶしいほどの陽光を浴びて輝いていた。

「ほらぁ、誠くんも」と、美喜がにじり寄ってくる。

「ぼ、僕は遠慮しときます」

しかし、全裸となった彼女たちは、誠だけが水着を着ていることを許さなかった。

右から美喜が、左からは明日菜が迫ってきて、誠を挟み込む。まずは美喜が膝立ちになって胸を突き出し、誠の横顔にFカップの肉房を押しつけてきた。それを見て明日菜も、圧巻の双丘を両手で持ち上げ、反対側の誠の横顔に押し当てる。

「おらおら、どうだ、早く脱いじゃえっ」

「うふふ、ほーら、誠くんの大好きなママのオッパイでちゅよぉ」

ムニュッ、ムニュニュッ。ダブルパイズリで顔面を揉みくちゃにされて、誠はみるみる理性を蕩けさせていった。乳肌から立ち昇る芳しい潮の香り——鼻も口も柔肉に塞がれ、甘美な窒息感に朦朧とする。気づいたときには身体を押し倒され、赤ん坊がオムツを替えられるときのような格好になっていた。淫らなママの手によって、ハーフパンツの水着はあっさりと脱がされてしまった。

ペニスはすでにフル勃起。二人は喜びの声を上げると、すぐさま誠の右と左に腹這いとなって、青筋を浮かべた肉棒に顔を寄せていく。

もうとっくに発情モードに入っていたようで、二人とも躊躇うことなくペニスに舌を這わせ始めた。竿姉妹となった仲間意識からか、互いの舌がくっついても、嫌がるどころかむしろうっとりと見つめ合って、共に微笑んだ。

彼女たちが左右から亀頭にしゃぶりつけば、上唇はぴったりと触れ合って、もはやフェラチオをしているのか、女同士で口づけを交わしているのかわからない有様だった。男の官能を狂わせる、美しくも倒錯的な春画である。

（ああ……なんていやらしい眺めなんだろう）

誠は後頭部の下で両手を組み、首を持ち上げて、美女たちの舌の共演に見入った。

背景には、空と海の鮮やかな青がどこまでも広がっている。雄大な自然の中でこんな淫らな口奉仕を受けていると、まるで無人島に遭難した男女三人が、衣服も文明の利器も失って、道徳も羞恥心も投げ捨てて、野性のままに交わり合っているみたいだった。まさに楽園である。

夢見心地で、じわじわと高まってくる射精感に浸った。「イキそうです」と伝えると、二人は揃って淫靡に微笑んだ。美喜が幹の根元を手筒でしごけば、明日菜はクルミのように固くなった陰嚢を撫で回し、揉みほぐそうとする。

明日菜が尖らせた唇を雁首に押し当て、首を上下に振ると、プルンとした柔らかな唇でペニスの急所が擦られ、誠はたまらず呻き声を漏らした。すると、これが気持ちいいのね？　とばかりに、美喜も同じように唇を擦りつけてくる。

たちまち射精感は限界直前まで膨れ上がった。このままだとザーメンは噴水のようにほとばしり、二人の美貌に降り注ぐだろう。どちらかの口内に注ぎたい気持ちもあったが、ダブル顔面射精というのも乙《おつ》なものかもしれないと思う。

（イキそう……で……出る、出るっ）

あと少しで後戻りできない状態になる――秒読み態勢に入るところだった。

鋭い叫び声が、肉悦の高みに酔いしれていた誠の意識をひっぱたいた。

「な……なにやってるの、誠っ！」

誠は驚きのあまり、仰向けのままビクッと宙に跳ねる。

慌てて声のした方へ振り向いた。少し離れたところから、伊織がこちらを睨んでいた。ナイフで誠を刺し殺そうとしたときに勝るとも劣らない鬼の形相で。

4

「あれぇ、伊織先輩、海水浴する気分じゃなかったのでは？」

美喜は大して動揺している様子もなく、いつもの調子でそう尋ねた。

伊織はパーカーを羽織っていたが、その下はビキニだった。水玉模様のピンク色で、胸元には大きなリボンがついており、ミニスカートのようなパレオを腰に巻いていた。

ビーチパラソルの下までやってきた伊織は、仁王立ちになって誠たちを見下ろしてくる。「そうだったけど、いつまでも落ち込んでいたら駄目だと思って、気持ちを入れ替えるためにちょっと泳ごうと思ったのよ。そんなことより！　これはどういうことなのっ？」

美喜は悪びれた様子もなく、茶目っぽく肩をすくめた。「あたしたち、誠くんのオチ×ポがすっごく気に入っちゃったんです。明日でこの旅行も最後だから、今日のうちにいっぱい愉しませてもらっちゃおうと思って——ねぁ、明日菜さん」

苦笑いで、明日菜はそれに頷く。「ええ……ごめんなさいね、伊織ちゃん。でも、最近うちの夫が夜の相手をしてくれなくなって、私も溜まっているのよ」

尊敬する明日菜にまで開き直られてしまうと、伊織も強くは出られなくなった。

「う、ううー……だからって、こんなの……駄目よ、誠、やめなさいっ！」

そうなると、伊織の怒りのはけ口はやはり誠となる。しかし、やめろと言われても、誠はなにもしていなかった。自分は二人の女たちから、一方的にペニスを責められているだけだったのだから。

誠は二人に、ここまでにしましょうと、目で合図を送った。しかし、

「誠くんが誰とエッチなことしようと、誠くんの自由じゃないですか。伊織先輩に邪魔する権利はないと思いますけどぉ」

「そ、そうよそうよ」

美喜はニヤニヤしながら反論し、オシャブリと手コキを再開する。明日菜もそれに

乗っかって、限界間近のペニスにとどめを刺しにきた。

「あっ、ちょっと、二人とも……うぅ、も、もう駄目、出るっ……!!」

大人の女二人が本気を出したら、敏感な若勃起にしのぎきれるわけもない。誠は姉の見ている前で、はなはだしく精を放った。天高くほとばしった樹液は、美喜と明日菜の美貌や髪の毛に降り注ぐだけでなく、誠の腹部や胸板まで汚していった。

噴き上がるザーメンの勢いに驚いたのか、目を丸くして言葉を失う伊織。

最後の一発が小さな放物線を描いて、幹の根元をしごいていた美喜の手にボタッと落ちる。美喜はそれを躊躇うことなく舐め取った。額や頬に張りついた分も指で拭い、チュパチュパとなんとも旨そうにしゃぶっていく。

と、美喜は、いいことを思いついたとばかりに両手を打ち合わせる。

「そうだ、ねぇ誠くん、あたしと付き合おうよ」

「えっ？」

「硬くて太くて、美味しい精液がいっぱい出る——この素敵なオチ×ポ、あたしのものにしたくなっちゃった。なんだったら結婚してもいいよ。そしたら伊織先輩があたしのお姉さんになるわけだから、うふふ、一石二鳥かな」

最初は冗談かと思ったが、彼女の顔を見ていると、だんだん本気で言っているような気がしてきた。美喜は唾液とザーメンにまみれた肉茎をヌチャヌチャと弄び、「ねぇ、いいでしょ？　毎日、たっぷり気持ち良くしてあげるよぉ？」と、甘ったるく語りかけてきた。

発作の治まったペニスが、彼女の手業《てわざ》で再び快美感に包まれれば、誠は、それも悪くないかも……などと、つい考えてしまう。

と、そこに伊織が割り込んできた。

「だ、駄目っ！　誠は私のものなの！」

伊織は美喜を押しのけると、ドロドロの粘液にまみれた陰茎を咥え込む。ぎこちなくも舌をせっせと動かし、鈴口にこびりついた精液を舐め取っていった。

二日前まで処女だった伊織は、きっとフェラチオも初めてのはず。美喜のように、牡のエキスの味にも慣れていないだろう。悩ましげに眉をひそめながら、それでも亀頭の汚れを舌で清め尽くしてくれる。

ペニスを口から出した伊織は、舐め取った汚れを吐き出したりはしなかった。

野生の獣が、自分の獲物を横取りしようとする者へ威嚇《いかく》するように、伊織は、美喜と明日菜を睨みつける。その視線を、最後に誠に向けた。

「セッ……セックスしたいなら、私がさせてあげるから、他の人とするのは今後一切禁止よ！　いいっ？」

そして改めて、雁のくびれから幹の隅々へ、果ては陰嚢まで、執拗なまでに舌を這わせていった。他の女の匂いがついた部分を、自分の唾液でマーキングし直すみたいな、徹底したお掃除フェラである。

(姉さんが、僕のチ×ポを舐めるなんて……)

男のツボなどまるで知らないような稚拙な舌使いだったが、あの誇り高く見目麗《みめうるわ》しい姉が、地面にはいつくばり、はしたなくも男の陰部をペロペロと舐めているというだけで充分だった。しかも、その表情は次第に艶めかしくなっていき、目元には笑みすら浮かんでくる。

誠の劣情は激しく掻き乱され、今やペニスは完全回復——いや、それ以上に怒張して、はち切れんばかりの太マラがビクッビクッと打ち震えた。

弟の陰部へ口奉仕を施す淫らな姉の有様に、明日菜は驚き、美喜は瞳を輝かせる。

「まさかフェラまでするなんて——そこまでして誠くんを独り占めしようとするとは思わなかったです。伊織先輩って、あたしが思っていたよりずっとエッチな人だったんですねぇ」

伊織のことが大好きだという美喜は、今の伊織の姿を見て幻滅する様子もなく、むしろ嬉しそうににんまりと口元を緩めた。

「それじゃあ、早速させてあげてください。誠くんのオチ×ポ、早くエッチしたいよーって、もう先っちょからお汁を漏らしちゃってます。ほらほらぁ」

下腹に張りつくほど反り返ったペニスは、確かに鈴口から、新たなカウパー腺液の玉を溢れさせていた。

伊織は、上目遣いの視線をチラッと誠へ向ける。

「じゃ、じゃあ……館に戻る？」

さすがに屋外のこんな場所で、美喜と明日菜に見られながらするのは嫌なのだろう。

しかし美喜はそれを許さなかった。「ここからだと、館まで歩いて十分以上かかっちゃうじゃないですか。伊織先輩がガッチガチにしたオチ×ポなんだから、今すぐ責任取ってあげなきゃ駄目ですよぉ。ねぇ、誠くん？」

「え……ええ、まあ、そうですね」と、誠は頷いた。

せっかくなら、この美しい自然の中で白昼堂々とセックスしてみたいと思う。それに、野外プレイで恥ずかしがる姉の姿をちょっと見てみたい気もした。

「姉さん、僕、今すぐしたいな。させてくれるんだよね？」

誠は起き上がって、伊織ににじり寄った。困惑の笑みで美貌を引き攣らせた伊織は、逃げ腰になって、誠が近づいた分だけ離れていく。

すると美喜と明日菜が視線を交わし、共に動きだした。二人がかりで伊織に飛びかかっていく。「伊織先輩、観念してくださいっ」「うふふっ、往生際が悪いわよ」

「きゃあっ!? ちょっと、二人とも、やめっ……い、いやあぁ！」

三つの女体がくんずほぐれつしているうちに、伊織は仰向けに倒され、両脚をそれぞれ美喜と明日菜に押さえ込まれて、身体を二つ折りにしたマングリ返しの格好にされてしまった。

パレオがめくれて、露わになったビキニの股布には、船形の濡れ染みが浮き出ていた。誠は嫌がる姉の声を無視し、ビキニのパンツの紐をほどいて、彼女の腰から剝《は》ぎ取った。

肉の亀裂は、ビキニの股布以上に濡れていた。溢れた恥蜜は割れ目の外側まで広がっていて、うっすらと生えた短い和毛が大陰唇にぺったりと張りついている。

伊織の片脚を押さえつけたまま、その有様を覗き込む美喜。「うわぁ、伊織先輩のオマ×コ、お漏らししたみたいにぐしょ濡れじゃないですか。誠くんのオチ×ポをペロペロして興奮しちゃったんだぁ」

「いや、いやあぁ、見ないで、あああぁ」

伊織は涙目になり、卑猥に拘束された格好で首を振り乱した。その姿は、誠の罪悪感を誘うどころか、どうにも艶めかしく見えてしまう。

姉の初めてを奪った、あの夜の嗜虐心が蘇ってくるのを感じつつ、誠は、ぬめりによって張りついた二枚の花弁を剝がして、開いて、女の中心をあからさまにした。蕩けた膣口には、裂けた痕《あと》が未だ痛々しい処女膜の名残が息づいていた。

（もっと濡らすか？　いや、もう充分だ）

誠は鼻息を荒らげ、その肉穴に剛直をあてがい、一気に貫く。伊織は喉の奥から苦悶の呻き声を漏らしたが、それは一昨日の、彼女がマゾ悦によって絶頂した夜にも聞いた呻き声だった。だから誠は臆《おく》することなく抽送を始める。

「あぁ、ダメだったらぁ……ううっ、くっ、ふうっ……んぐぐぐ」

伊織が唸るたび、硬い狭穴がさらにペニスを締めつけてきた。

最初は緩やかなストロークで肉壺を擦ったが、奥までたっぷりと潤っているのがわかると、誠はどんどん腰の回転数を上げていった。それに対して、美喜と明日菜が心配そうな声を上げる。

「ね、ねえ、誠くん……伊織先輩、苦しそうだよ？　誠くんのオチ×ポ、ただでさえ極太なんだから、もう少し優しくしてあげた方が……」

「伊織ちゃん、今まで男の人と付き合ったことはないとか言ってなかったかしら。もしかして、これが初体験なんてことは……？」

伊織の本性を知らない二人に、誠はにっこりと笑ってみせた。それから、伊織に尋ねる。「どうする、姉さん、もっとゆっくりにした方がいい？」

「ウウッ……だ、駄目ぇ」伊織は悩ましげに声を絞り出した。「大丈夫だから、もっと激しく……誠のオチ×チンで、私のアソコ、メチャクチャにして……あぁぁん」

いつしか彼女の瞳は情火を宿し、唇の両端は淫靡に歪んでいた。

二日前に破れたばかりの処女膜は、マゾ気質の伊織に、今も擦過《さつか》の悦をもたらしているのだろう。早くもその虜となった彼女は、羞恥心も倫理観も忘れ、さらなる甘美な苦痛を求めていた。

誠は、啞然とする美喜と明日菜に、伊織が一昨日の夜まで処女だったことを話した。そして、伊織がMの悦びによって、初体験でオルガスムスに達したことも。

明日菜は、信じられないといった様子だったが、しかし今や、伊織の呻き声にも艶めかしさが表れている。

「ま、誠ったら……そんなことまで二人に、言わないでぇ……！　う、うっ、おほぉお、傷口、また裂けちゃいそう……あぁぁ、うぐっ、ううっ、くうぅん」

一方、美喜の方はもう納得したようだった。好奇心と悪戯心を顔いっぱいに溢れさせながら、手を伸ばして伊織のビキニブラをつかみ、勢いよく強引にずり上げる。

ブルルンと美乳がまろび出ると、ローズピンクの突起を二本指でつまみ、

「うふっ、じゃあ、こういうのも気持ちいいんですかぁ？」

と言って、爪を食い込ませながら引っ張った。伊織は「ヒイイッ」と叫ぶが、その後にはうっとりと美貌を蕩けさせるのだった。

すると美喜は、今度は乳首にぱくっと食いつく。反対側の乳首は、また二本の指でつねったりねじったりして、乱暴に弄んだ。

「ちょっ、やめて美喜っ……私、女同士でそういうことする気は……ウ、ウウーッ、いやぁ、噛まないでぇぇ」

被虐の愉悦に悶え狂う伊織。その有様を見て、明日菜もいよいよ理解したようだった。もはや必要ないと判断したのか、押さえ込んでいた伊織の片脚を解放し、明日菜は「あらあら、うふふっ」と微笑んだ。

その顔は、お漏らしをしてしまった子供に「しょうがないわねぇ」と苦笑する母親のようでありながら、どこかゾクッとするような迫力も感じられた。誠は、バスルームで3Pをしたときの彼女のサディスティックな一面を思い出す。

明日菜はビキニのパンツを脱ぎ、股間を丸出しにしたまま、誠と向かい合うようにして伊織の顔をまたいだ。誠はまさかと思ったが、明日菜はそのまさかを行った。伊織が顔を逸らせないように両手で押さえつけてから、ゆっくりと腰を下ろしていく。

「あ、明日菜さん、待って、いやっ……むぐぐっ」

「誠くんを独り占めしたいなら、伊織ちゃんが私たちを満足させてくれなくちゃいけないわよ。さあさあ、しっかり舌を使って、ほらぁ」

和式便所で用を足すような格好となって着座し、腰を前後にくねらせて、明日菜は伊織の口元に股座を擦りつけた。

たとえマゾでも、痛みと屈辱《くつじょく》は別の感覚だろう。痛みを悦びとする伊織が、屈辱にも官能を昂ぶらせるとは限らない。が、伊織は素直にクンニを始めたようだ。しかも、明日菜が下半身を震わせて悦び乱れるほどの、しっかりとした口奉仕を。

「はぁん、伊織ちゃんったら、うふふ、オマ×コ舐めるの、とっても上手じゃない。クリを……そう、吸って、吸ってぇ、おふううぅ」

じゅるっ、ちゅぶぶぶっと、卑猥な音が鳴り響く。時を同じくして、肉壺の内部が狂おしげにうねり始めた。それは伊織が昇り詰めようとしている予兆だ。

どうやら彼女は、顔面騎乗からの強制クンニという屈辱的な仕打ちを受け、それもまたMの愉悦としているようである。

淫蜜の量は増し、膣肉もほぐれてきて、嵌め心地はぐんとアップした。

そのうえ蠕動する肉壁に、まるで別の生き物のようにしゃぶりつかれるのだから、誠の性感も限界間近まで高まっていく。

ふと気がつけば、美喜が伊織の乳房に食いつきながら、マイクロビキニのパンツに中指を潜り込ませて熱心に股座を擦っていた。誠は自分の中指を咥えてたっぷり唾液をまぶすと、ほとんど紐のような極小の股布をちょいと横にずらし、珈琲色の肉の窄まりを指先で撫で回した。そして、ズブリと差し込む。

美喜は嬉しそうに唸り、ギューッと肛門を締めつけた。明日菜は自ら爆乳をこね回し、母乳を滴らせつつアへ顔を晒していた。

そして、伊織の膣穴のうねりが最高潮となった。

「くううっ、イクよ、姉さん……あ、ああっ、出るうぅ!!」

「むぐぅ、んんん、ウグウグッ……ングーッ!!」

誠が吐精の叫びを上げた直後、伊織もひときわ激しく呻いて、ガクガクと下半身を打ち震わせる。膣内では、電動オナホでも再現不可能と思われる小刻みな収縮が始まり、誠は奥歯を噛んでザーメンを吐き出し続けた。

だが、まだまだ精は尽きなかった。射精が終わると、美喜と明日菜には離れてもらい、誠はいったん結合を解く。ぐったりしている伊織の身体をひっくり返し、うつぶせにすると、強引に腰を持ち上げさせて、バックから貫いた。

アクメの余韻に喘ぎつつ、悲痛な叫び声を上げる伊織。しかし、誠は容赦しない。

凶暴な獣欲と共に、姉を自分だけのものにしたいという独占欲が膨れ上がっていた。

だが、もうすぐ姉は結婚してしまう。そんなのは嫌だ！

「今後一切、他の女の人とセックスしちゃ駄目って言うなら、姉さんが一生、僕の相手をしてくれるってことだよね？　じゃあ、僕と結婚してよ！」

嫌だとは言わせない、反論など許さないと、誠は伊織の美臀に掌を叩きつける。甲高い肉打の音を響かせて、スパンキングの嵐を見舞った。

張りのある尻肉は、平手打ちのたびに小気味良く波打った。伊織は折れんばかりに背中を反らして、奇声と共に幾度も全身を戦慄かせる。

息も絶え絶えになりながら、ついにはこう叫んだ。

「ふっ、ふぎいぃ、するっ……するうぅ！　誠がいいの、誠が好きなのぉ……誠、結婚してぇぇ！」

それが本気なのか、マゾ悦に狂ったための妄言なのか、誠にはわからなかった。

それでも嬉しかった。人生初のプロポーズをし、それを受け入れてもらえたのだから。綺麗な丸尻が真っ赤に腫れ上がっても、自分の掌までジンジンと痛くなっても、誠はスパンキングを続け、どこまでも姉を狂わせた。美喜と明日菜が今どんな顔をしているのか、うかがう余裕もなかった。

太マラが出入りする膣口のすぐ上には、ピンクの肉蕾がひっそりと息づいている。こっちの〝処女〟もいずれは僕のものにしてやる——と、心の中で誓った。

（了）

※本作品はフィクションです。作品内に登場する
団体、人物、地域等は実在のものとは関係ありません。

閉《と》ざされた孤島《ことう》のハーレム

〈書き下ろし長編官能小説〉

2024年6月17日初版第一刷発行

著者……………………………………………九坂久太郎

デザイン………………………………………小林厚二

発行所…………………………………株式会社竹書房
〒102-0075 東京都千代田区三番町8-1
三番町東急ビル6F
email：info@takeshobo.co.jp
竹書房ホームページ https://www.takeshobo.co.jp
印刷所…………………………中央精版印刷株式会社

■定価はカバーに表示してあります。
■落丁・乱丁があった場合は、furyo@takeshobo.co.jp まで、メールにてお問い合わせください。